ein Ullstein Buch

Vom selben Autor
in der Reihe der
Ullstein Bücher

Der Hund von Baskerville (2602)
Sherlock Holmes' Abenteuer (2630)
Studie in Scharlachrot (2655)
Das Tal der Furcht (2719)
Im Zeichen der Vier (2744)
Die brasilianische Katze (2779)
Sherlock Holmes und
sein erster Fall (20004)
Sherlock Holmes und
der bleiche Soldat (20020)
Sherlock Holmes und die gefährliche
Erbschaft (20028)
Sherlock Holmes und der
Einbrecher im Frack (20037)

ein Ullstein Buch
Nr. 20012
im Verlag Ullstein GmbH,
Frankfurt/M – Berlin – Wien
Übersetzt von
Rudolf Rocholl

Gesammelte Werke
in Einzelausgaben

Umschlagentwurf: Hansbernd Lindemann

Printed in Germany 1979
Gesamtherstellung:
Ebner Ulm
ISBN 3 548 20012 5

CIP-Kurztitelaufnahme
der Deutschen Bibliothek

Doyle, Arthur Conan:

[Sammlung ‹dt.›]
Sherlock Holmes und der verschwundene
Bräutigam: klass. Kriminalerzählungen /
Sir Arthur Conan Doyle. [Übers. von
Rudolf Rocholl]. – Frankfurt/M, Berlin,
Wien: Ullstein, 1979. –
(Gesammelte Werke in Einzelausgaben / [Sir Arthur Conan Doyle])
(Ullstein-Bücher; Nr. 20012)
ISBN 3-548-20012-5

Sir Arthur
Conan Doyle

Sherlock Holmes und der verschwundene Bräutigam

Klassische
Kriminalerzählungen

ein Ullstein Buch

Inhalt

Der verschwundene Bräutigam
(A Case of Identity, Oktober 1887)

7

Der Daumen des Ingenieurs
(The Engineer's Thumb, September 1889)

25

Der Klub der Rothaarigen
(The Red-Headed League, Oktober 1887)

46

Ein ganz einfacher Fall
(The Crooked Man, September 1889)

71

Die Brook-Street-Affäre
(The Resident Patient, Oktober 1886)

88

Das Geheimabkommen
(The Naval Treaty, Juli/August 1889)

105

Sherlock Holmes' Untergang
(The Final Problem, April/Mai 1891)

141

Der verschwundene Bräutigam

»Mein lieber Junge«, sagte Sherlock Holmes, als wir in seiner Wohnung in der Baker Street am Kamin saßen, »das Leben ist ja so viel merkwürdiger und bunter als alles, was der menschliche Geist sich auszudenken vermag! Wir würden gar nicht wagen, Dinge zu erfinden — die in Wirklichkeit jeden Tag geschehen können. Stell dir einmal vor, wir fliegen jetzt beide eingehakt aus dem Fenster in die Luft empor, schweben über die riesige Stadt London, nehmen vorsichtig hier und da einem Haus sein Dach ab und betrachten uns heimlich all die merkwürdigen Ereignisse, die sich darunter abspielen: die Zufälle, die Pläne und Hindernisse, die wundervollen Verkettungen durch ganze Generationen hindurch, mit dem ausgefallenen Ergebnis am Ende — was ist dagegen alle Fabulierkunst der Dichter mit ihren konventionellen Gegebenheiten und den von Anfang an durchschaubaren Lösungen! Ich muß gähnen, wenn ich nur daran denke.«

»Nun, ich bin doch nicht so ganz überzeugt«, entgegnete ich. »Die Fälle, von denen die Zeitungen berichten, sind armselig genug, und vulgär obendrein. Unser Polizeibericht bietet dir Realismus bis zur äußersten Konsequenz — aber das Ergebnis wirkt weder faszinierend noch künstlerisch. Das mußt du zugeben.«

»Um einen realistischen Effekt zu erzielen«, bemerkte Holmes, »bedarf es der Auswahl, und einer gewissen Diskretion. Der Polizeibericht legt größeren Wert auf die Binsenweisheiten des Richters als auf die Einzelheiten des Falles, in denen der unvoreingenommene Beobachter das eigentliche Wesen der ganzen Angelegenheit aufspürt. Glaub mir: nichts Unnatürlicheres gibt es als den Gemeinplatz.«

Ich schüttelte lächelnd den Kopf. »Ich verstehe ganz gut, daß du so denkst. Du bist der private Helfer, der rettende Geist für jeden, der nicht weiter weiß, und kommst mit allem Sonderbaren, ja Verrückten in Berührung. Aber laß uns doch einmal die Probe aufs Exempel machen.« Ich hob die Morgenzeitung vom Fußboden auf. »Hier ist zum Beispiel eine Schlagzeile mit einer halben Spalte Text. ›Ehemann mißhandelt seine Frau.‹ Ich brauche gar nicht zu lesen, was da weiter noch steht. Ich weiß alles. Natürlich steckt eine andere Frau dahinter, dazu Alkohol, Not, Schläge, Striemen — und eine mitfühlende Schwester oder Hauswirtin, die Alarm schlägt. Der roheste Schreiber kann nichts Roheres erfinden.«

»Dein Beispiel ist unglücklich gewählt«, sagte Holmes, nahm die Zeitung und überflog sie. »Hier haben wir die Dundas-Scheidung, an deren Aufklärung ich zufällig beteiligt war. Paß auf: der Mann ist Abstinenzler, eine andere Frau war nicht im Spiel, und was ließ er sich zuschulden kommen? — Nach jeder Mahlzeit nahm er sein Gebiß heraus und warf es seiner Frau an den Kopf. — Du wirst doch wohl zugeben, daß keinem normalen Autor so etwas einfiele. — Nimm eine Prise, Doktor, und gib dich geschlagen.«

Er bot mir eine goldene Schnupftabakdose an, die mitten auf dem Deckel einen großen Amethyst trug. Das prunkvolle Stück stand in einem solchen Gegensatz zu Holmes' Anspruchslosigkeit und Lebensführung, daß ich mir eine Bemerkung nicht versagen konnte.

»Ach ja, richtig«, meinte er. »Ich hab' ganz vergessen, daß wir uns länger nicht gesehen haben. Die Dose ist ein Geschenk des Herzogs von Böhmen, in Erinnerung an die Affäre Irene Adler.«*

»Und der Ring?« fragte ich und wies auf den Brillanten an seiner Hand.

»Der stammt von der Königsfamilie Hollands. Leider kann ich dir nicht erzählen, worum es ging. Die Angelegenheit ist so delikat, daß ich sie nicht einmal dir anvertrauen darf.«

»Arbeitest du augenblicklich an irgendeiner Kombination?«

»An einem Dutzend. Aber keine reizt mich besonders. Alle sind richtig, versteh mich recht, doch uninteressant. Ja, ich habe festgestellt, daß meist die unbedeutenden Angelegenheiten Raum für Beobachtung und schnelles Erfassen der Zusammenhänge lassen — was einer Untersuchung ihren eigent-

---

* Siehe Sir Arthur Conan Doyle, Sherlock Holmes' Abenteuer: »Skandal in Böhmen.«

lichen Reiz verleiht. Die gewichtigeren Fälle sind durchwegs simpler, denn: je größer das Verbrechen, desto deutlicher in der Regel das Motiv. Und die Fälle, die ich im Augenblick bearbeite, weisen keine interessanten Züge auf — ausgenommen einen, der mir von Marseille aus übertragen wurde. Es könnte jedoch sein, daß gleich etwas Besseres über uns hereinbricht, denn wenn mich nicht alles täuscht, steht dort eine Klientin.«

Er blickte durch die Vorhänge in die nichtssagende Londoner Straße hinunter. Auch ich stand auf, schaute ihm über die Schulter und sah auf dem anderen Gehsteig eine üppige Frau stehen. Um den Hals trug sie eine Pelz-Boa und auf dem Kopf einen breitrandigen Hut mit einer roten, geringelten Feder à la Duchess-of-Devonshire kokett schräg über einem Ohr. Unter diesem monströsen Aufbau hinweg lugte sie nervös und unschlüssig zu unseren Fenstern herauf, dabei wiegte ihr Körper sich leicht vor- und rückwärts, und ihre Finger spielten mit den Handschuhknöpfen. Plötzlich gab sie sich einen Ruck und kam über die Straße, einem Schwimmer ähnlich, der sich vom Ufer abstößt. Gleich darauf hörten wir die Türglocke. »Die Symptome sind mir bekannt«, sagte Holmes und warf seine Zigarette ins Feuer. »Ihre Bewegung deutet auf eine *affaire du coeur*. Sie hätte gerne einen Rat, weiß aber nicht, ob die Angelegenheit nicht vielleicht allzu heikel ist. Aber auch hier können wir noch unterscheiden. Eine Frau, der ein Mann etwas Übles angetan hat, zögert nicht so — eher hätte sie meinen Glockenzug abgerissen. Wir dürfen annehmen, daß es sich in diesem Fall um eine Liebesgeschichte handelt, in der die Maid perplex oder bekümmert ist, nicht aufgebracht. Nun, wir werden's gleich wissen.«

Es klopfte, und der Hausdiener meldete Miss Sutherland. Wie ein voll aufgetakeltes Handelsschiff hinter einem winzigen Lotsenboot, so lauerte die Dame hinter seiner kleinen Gestalt. Holmes hieß sie höflich willkommen. Nachdem er die Tür geschlossen und ihr mit einer artigen Verbeugung einen Sessel angeboten hatte, schätzte er sie zerstreut und doch eindringlich ab.

»Finden Sie es bei Ihrer Kurzsichtigkeit nicht ein wenig anstrengend, so viel auf der Maschine zu schreiben?« fragte er.

»Anfangs ging es mir so«, antwortete sie. »Aber jetzt finde ich die Tasten, ohne hinsehen zu müssen.« Nun erst kamen ihr seine Worte richtig zum Bewußtsein. Sie schrak zusammen und blickte auf. Ihr breites, gutmütiges Gesicht zeigte Angst und Erstaunen: »Sie haben also schon von mir gehört, Mr. Holmes — woher könnten Sie das sonst wissen?«

»Immer mit der Ruhe«, sagte Holmes lachend. »Ich weiß nun einmal manches, das ist mein Beruf. Ich sehe, was andere übersehen. Kommen Sie nicht deshalb zu mir?«

»Ich hab' durch Mrs. Etherage von Ihnen gehört, Sir. Sie haben ihren Mann gefunden, als die Polizei und alle ihn schon für tot hielten und aufgegeben hatten. Oh, Mr. Holmes, ich wünschte, Sie könnten auch mir helfen. Ich bin nicht reich, aber ich hab' immer noch hundert im Jahr, mit der Maschine verdiene ich ein bißchen dazu, und ich würd' alles dafür geben, wenn ich wüßte, was aus Mr. Hosmer Angel geworden ist.«

»Weshalb hatten Sie es so eilig, zu mir zu kommen?« fragte Holmes, die Fingerspitzen aneinandergelegt, den Blick zur Decke gerichtet.

Wieder trat ein Ausdruck der Überraschung auf Miss Sutherlands ziemlich leeres Gesicht. »Tatsächlich: ich bin Hals über Kopf losgerannt«, sagte sie. »Ich hab' mich darüber geärgert, wie leicht Mr. Windibank alles nimmt — das heißt, mein Vater. Zur Polizei will er nicht, zu Ihnen wollte er auch nicht. Er will überhaupt nichts unternehmen, und er sagt immer, es wär' ja nichts passiert. Das hat mich schließlich wild gemacht, und ich hab' mich angezogen — und hier bin ich.«

»Ihr Vater?« fragte Holmes. »Vermutlich Ihr Stiefvater, da er einen anderen Namen trägt, nicht wahr?«

»Ja. Aber ich nenne ihn Vater. Ein bißchen komisch, denn er ist ja bloß fünf Jahre und zwei Monate älter als ich.«

»Lebt Ihre Mutter noch?«

»O ja. Mutter lebt und ist wohlauf. Ich hab's nicht grad gern gesehn, Mr. Holmes, daß sie so kurz nach meines Vaters Tod wieder geheiratet hat — und dann einen Mann, der fast fünfzehn Jahre jünger ist. Vater war Installateur in der Tottenham Court Road, und Mutter hat das Geschäft mit Mr. Hardy, dem Meister, weitergeführt. Aber da kam Mr. Windibank, und der hat dafür gesorgt, daß sie's verkaufte. Er steht hoch drüber, wo er doch in Weinen reist. Viertausendsiebenhundert haben sie für die Firma gekriegt — längst nicht so viel, wie Vater gekriegt hätte, wenn er noch am Leben wär'.«

Ich fürchtete, Holmes würde ungeduldig werden, aber nein, er hörte sehr aufmerksam zu.

»Stammt Ihr Einkommen aus dem Geschäft?« fragte er.

»Aber nein, Sir, das hat nichts damit zu tun. Mein Onkel Ned in Auckland hat's mir vermacht. Es ist in New Zealand Stock angelegt, bringt viereinhalb Prozent. Zweitausendfünfhundert war der Betrag, aber ich kann nur über die Zinsen verfügen.«

»Sehr interessant«, sagte Holmes. »Sie beziehen also hundert Pfund im Jahr und verdienen noch einiges hinzu, da werden Sie ohne Zweifel ein wenig verreisen und sich allerlei gönnen. Meiner Schätzung nach müßte eine unverheiratete Dame mit etwa sechzig Pfund gut auskommen.«

»Ich käm' mit viel weniger aus, Mr. Holmes. Aber solange ich zu Hause wohne, möchte ich meinen Leuten nicht zur Last fallen, und da lasse ich ihnen eben die Zinsen. Aber nur solange, wie ich bei ihnen bin; das ist natürlich nur vorübergehend. Mr. Windibank hebt jedes Vierteljahr mein Geld ab und gibt's Mutter, und ich komme mit dem aus, was ich durch's Maschinenschreiben verdiene. Ich kriege Twopence pro Bogen, und manchmal schaffe ich fünfzehn bis zwanzig Bogen pro Tag.«

»Ich bin im Bilde«, sagte Holmes. »Dies ist mein Freund, Dr. Watson. Sie können vor ihm ebenso offen reden wie vor mir. Und nun erzählen Sie uns bitte alles über Ihre Verbindung zu Mr. Hosmer Angel.«

Eine leichte Röte huschte über Miss Sutherlands Gesicht. Nervös zupfte sie am Saum ihres Jacketts. »Ich hab' ihn auf dem Rohrleger-Ball kennengelernt«, sagte sie. »Sie haben Vater immer Karten geschickt, als er noch lebte, und später haben sie an uns gedacht und sie Mutter geschickt. Mr. Windibank wollte nicht, daß wir hingingen. Von ihm aus sollten wir nirgendwo hingehn. Er wurde richtig wütend, wenn ich bloß mal zu einem Fest von der Sonntagsschule gehn wollte. Aber diesmal hab' ich's mir in den Kopf gesetzt und wollt' hin. Was hat er denn schon für'n Recht, mich daran zu hindern? Er sagt, die Leute da, die wären nichts für uns. Dabei sind all die Freunde von Vater da. Und dann sagt er, ich hätt' nichts Gescheites anzuziehn. Wo ich doch bloß mein rotes Samtkleid aus dem Schrank zu holen brauche! Na ja, und wie alles nichts mehr hilft, da macht er für seine Firma eine Geschäftsreise nach Frankreich. Aber wir sind hingegangen, Mutter und ich, mit Mr. Hardy, der bei uns Meister gewesen ist, und da hab' ich denn Mr. Hosmer Angel kennengelernt.«

»Mr. Windibank war wohl sehr verärgert, als er aus Frankreich zurückkehrte und hörte, daß Sie auf dem Ball waren?« fragte Holmes.

»Och nein, eigentlich gar nicht. Er hat gelacht, weiß ich noch, und mit den Schultern gezuckt und gesagt, hat ja keinen Sinn, einer Frauensperson was zu verbieten: sie tut's ja doch.«

»Ich verstehe. Sie haben also auf dem Rohrleger-Ball einen Herrn namens Hosmer Angel kennengelernt. Und weiter?«

»Ja, er hat sich am nächsten Tag erkundigt, ob wir alle gut heimgekommen wären. Danach sind wir zweimal spazieren gewesen. Das heißt, ich hab' mich mit ihm getroffen, Mr. Holmes. Aber dann war Vater wieder da, und Mr. Hosmer Angel konnte nicht mehr kommen.«

»Wieso nicht?«

»Ach, Sie wissen schon: Vater mochte so was nicht. Er wollt' keinen Besuch, und er sagt immer, eine Frau soll in ihrem Familienkreis glücklich sein. Aber eine Frau sucht doch erstmal ihre eigene Familie, sage ich immer zu Mutter, und ich hab' ja noch keine.«

»Aber was war mit Mr. Angel? Hat der keinen Versuch gemacht, sich mit Ihnen zu treffen?«

»Na ja, Vater wollt' in einer Woche wieder nach Frankreich, und Hosmer hat geschrieben und gesagt, wär' wohl besser, wir sehen uns erst, wenn er weg ist. Bis dahin könnten wir uns ja schreiben. Und er hat auch jeden Tag geschrieben. Ich hab' morgens die Briefe 'reingeholt, da hat Vater nichts gemerkt.«

»Waren Sie mit dem Herrn schon verlobt?«

»O ja, Mr. Holmes. Wir haben uns gleich nach unserem ersten Spaziergang verlobt.«

»Was für einen Beruf übt der Herr aus?«

»Hosmer – Mr. Angel – ist in einem Kontor in der Leadenhall Street angestellt. Aber –«

»In welchem Kontor?«

»Das ist's ja gerade, Mr. Holmes: ich weiß es nicht!«

»Wo hat er gewohnt?«

»Im Haus.«

»Und Sie wissen nicht, wo?«

»Nein. Bloß Leadenhall Street.«

»An welche Adresse haben Sie denn geschrieben?«

»Leadenhall Street Post Office, postlagernd. Er hat gesagt, wenn die Briefe ins Kontor kämen, würden die anderen Angestellten ihn aufziehen, daß er Briefe von einer Dame kriegt. Na, da hab' ich sie mit der Maschine schreiben wollen, wie er's ja auch tut, aber davon wollt' er nichts wissen. Er sagt, wenn ich sie mit der Hand schrieb', kämen sie von mir, aber wenn sie maschinengeschrieben wären, hätt' er immer das Gefühl, die Maschine stünde zwischen uns. Das zeigt Ihnen schon, wie gut er mich leiden konnte, Mr. Holmes. An was für Kleinigkeiten er alles dachte.«

»Die kleinen Dinge sind die wichtigsten«, sagte Holmes. »Ein altes Axiom von mir. – Können Sie sich, im Zusammenhang mit Mr. Angel, noch anderer Kleinigkeiten erinnern?«

»Er war sehr scheu, Mr. Holmes. Er ging am liebsten abends mit mir spazieren, nicht bei Tage. Er hat gesagt, er tät' nicht gern auffallen. Er war sehr zurückhaltend. Richtig fein. Sogar seine Stimme war leise. Er hat eine Halskrankheit gehabt, als er jung war, hat er mir erzählt, oder so, und davon ist eine schwache Kehle zurückgeblieben und eine zögernde, flüsternde Sprechweise. Er war immer gut gekleidet, adrett und schlicht. Aber seine Augen sind schwach, genau wie meine, und deshalb hat er immer eine Sonnenbrille getragen, wegen des grellen Lichts, wissen Sie?«

»So so, und was geschah, als Mr. Windibank, Ihr Stiefvater, wieder nach Frankreich fuhr?«

»Da ist Mr. Angel wieder zu uns gekommen, und er hat vorgeschlagen, wir sollten gleich heiraten, eh' Vater zurückkäm'. Er hat's bitter ernst gemeint. Ich mußte mit den Händen auf der Bibel schwören, ich würde ihm treu sein, was auch passieren sollte. Mutter sagt, er hätte ganz recht, daß er mich schwören und geloben ließe – das wäre ein Zeichen seiner Leidenschaft. Mutter war von Anfang an von ihm begeistert, beinah mehr als ich. Als sie davon sprachen, daß wir noch die Woche heiraten sollten, hab' ich gefragt, was denn mit Vater wäre.

Aber sie haben beide gesagt, Vater sollt' mich nicht kümmern, man könnt's ihm hinterher sagen, und Mutter sagte, mit ihm wollt' sie's schon in Ordnung bringen. Das hat mir nicht so ganz gefallen, Mr. Holmes. Mir kam's ja komisch vor, daß ich ihn um Erlaubnis bitten sollte, wo er bloß ein paar Jahre älter ist als ich, aber hintenrum wollte ich's auch nicht machen. Na, da hab' ich Vater nach Bordeaux geschrieben, wo die Firma ihr französisches Büro hat. Aber der Brief ist am Hochzeitsmorgen zurückgekommen.«

»Hat ihn also nicht erreicht?«

»Nein, Sir. Vater war grad nach England abgereist.«

»So ein Pech. – Ihre Hochzeit wurde also festgesetzt. Sollte es eine kirchliche Trauung werden?«

»Ja, Sir, aber ganz still. In der St. Saviour's Kirche, bei King's Cross. Hinterher wollten wir im St. Pancras Hotel frühstücken. Hosmer hat uns in einer kleinen Kutsche abgeholt, aber wir waren zu dritt, und da ist er in eine Droschke gestiegen, die grad in der Straße war. Wir kamen zuerst zur Kirche, und dann kam die Droschke, und wir haben gewartet, daß er aussteigen sollte, aber er tat's nicht, und als der Kutscher abstieg und nachguckte, da war keiner drin! Der Kutscher sagt, er könnt' sich nicht denken, was aus ihm geworden wär', denn er hätt' ihn mit eigenen Augen einsteigen sehn. – Das war letzten Freitag, Mr. Holmes, und seither haben wir nichts mehr von ihm gesehen oder gehört.«

»Mir scheint«, sagte Holmes, »man hat Sie an der Nase herumgeführt.«

»O nein, Sir! Hosmer ist viel zu nett und gütig, um mich so im Stich zu lassen! Den ganzen Morgen hat er zu mir gesagt: was auch passiert, du mußt mir treu sein. Auch wenn was ganz Unvorhergesehenes eintreten und uns trennen würde, sollt' ich immer dran denken, daß wir uns angelobt wären und daß er früher oder später käme, das Versprechen einzulösen. Komisch, so was am Hochzeitsmorgen zu sagen, aber es ist dann ja wirklich passiert.«

»Sie meinen, es ist ihm etwas Unvorhergesehenes zugestoßen?«

»Ja, Sir. Sonst hätte er nicht so gesprochen. Er hat irgendeine dunkle Vorahnung gehabt, und die hat sich erfüllt.«

»Haben Sie eine Vermutung, einen Verdacht?«

»Nein.«

»Noch eine Frage: wie hat Ihre Mutter das aufgenommen?«

»Sie tobte. Sie hat gesagt, ich dürft' nie mehr davon reden.«

»Und Ihr Vater? Haben Sie's ihm erzählt?«

»Ja, hab' ich. Er denkt wie ich: Hosmer ist was passiert, und wir werden von ihm hören. Er sagt, was kann jemand für ein Interesse daran haben, mich bis vor die Kirchentür zu bringen und dann im Stich zu lassen? Ja, wenn er sich Geld von mir geborgt hätte! Oder wenn er mich geheiratet und mein Geld auf seinen Namen überschrieben gekriegt hätte – das wäre vielleicht ein Grund gewesen! Aber Hosmer hatte selber Geld. Der würd' nicht einen Shilling von mir überhaupt nur angucken. – Aber was kann ihm passiert sein? Und warum schreibt er nicht? Ach, ich werd' halb verrückt, wenn ich dran denke. Nachts tu' ich kein Auge zu.« Sie zog ein kleines Taschentuch aus ihrem Muff und schluchzte heftig.

»Ich werde mich der Sache annehmen«, sagte Holmes und stand auf. »Seien Sie beruhigt, das Rätsel wird gelöst. Und jetzt überlassen Sie bitte alles mir und denken Sie nicht weiter darüber nach! Vergessen Sie Mr. Hosmer Angel. Verdrängen Sie ihn aus Ihrem Gedächtnis, wie er aus Ihrem Leben verschwunden ist.«

»Dann glauben Sie, daß ich ihn nie wiedersehen werde?«

»Das fürchte ich.«

»Was ist denn bloß mit ihm geschehen?«

»Diese Frage überlassen Sie mir. Ich hätte gern eine genaue Beschreibung von ihm und alle Briefe, die Sie entbehren können.«

»Ich hab' im *Chronicle* vom letzten Samstag nach ihm inseriert«, sagte sie. »Hier ist die Anzeige. Und hier sind vier Briefe von ihm.«

»Danke. Und Ihre Adresse?«

»Lyon Place 31, Camberwell.«

»Mr. Angels Adresse wissen Sie nicht, sagten Sie. Wo ist das Geschäft Ihres Vaters?«

»Er reist für Westhouse & Marbank, die großen Claret-Importeure in der Fenchurch Street.«

»Danke. Sie haben Ihren Fall sehr präzise dargelegt. Sie werden den Rat beherzigen, den ich Ihnen gegeben habe, nicht wahr? Betrachten Sie den Zwischenfall als erledigt und leben Sie Ihr Leben weiter wie vorher.«

»Sie sind sehr freundlich, Mr. Holmes, aber das kann ich nicht. Ich werde Hosmer treu bleiben. Ich warte auf ihn, bis er wiederkommt.«

Trotz des grotesken Hutes und des gewöhnlichen Gesichts lag etwas Nobles in dem Glauben unserer Besucherin. Sie legte ihr kleines Bündel Papiere auf den Tisch und ging. Sherlock Holmes saß ein paar Minuten schweigend da. Seine Fingerspitzen lagen aneinander, seine Beine waren ausgestreckt und seine Augen zur Decke gerichtet. Dann nahm er seine Pfeife aus dem Gestell, zündete sie an, lehnte sich in seinem Sessel zurück und ließ dicke blaue Rauchwolken aufsteigen. Auf seinem Gesicht lag ein Ausdruck unendlicher Mattigkeit.

»Ein ganz interessantes Studien-Objekt, dieses Mädchen«, sagte er. »Ich fand sie interessanter als ihr kleines Problem, das nicht gerade neu ist, nebenbei gesagt. In meinem Index wirst du Parallel-Fälle finden, 77 in Andover, und im vergangenen Jahr etwas Ähnliches in Den Haag. Der Einfall ist alt, enthält aber ein paar neuartige Einzelheiten. Das Mädchen selber war jedenfalls äußerst instruktiv.«

»Du scheinst eine ganze Menge aus ihr herauszulesen«, bemerkte ich.

»Und du wußtest nicht, wo du hinschauen mußtest, und hast all das übersehen, was wichtig ist. Ich kann dich offenbar nicht dahin bringen, dir die Bedeutung von Ärmeln klarzumachen, den Aussage-Reichtum von Daumennägeln oder die wichtigen Hinweise, die von einem Schnürsenkel ausgehen. Was hast du der Erscheinung dieser Frau entnommen? Beschreibe sie.«

»Nun ja — sie trug einen schieferfarbenen, breitkrempigen Strohhut mit einer etwa ziegelroten Feder. Ihr Jackett war schwarz, mit aufgenähten schwarzen Perlen und einem Saum von kleinen schwarzen Jett-Ornamenten. Ihr Kleid: braun, etwas dunkler als kaffeefarben, mit ein wenig Purpur-Samt an Hals und Ärmeln. Graue Handschuhe, am rechten Zeigefinger durchgestoßen. Ihre Stiefel habe ich nicht in Erinnerung. Sie hatte kleine, runde, baumelnde goldene Ohrringe und machte den Eindruck, daß sie im allgemeinen ganz ordentlich zurechtkommt — auf eine gewöhnliche, bequeme, lässige Art.«

Holmes schlug die Hände zusammen und kicherte.

»Mein Wort, Watson, du machst dich großartig! Du hast dich wirklich ausgezeichnet gehalten. Alles von Bedeutung hast du zwar übersehen, aber du bist hinter die Methode gekommen, und dein Blick für Farben trifft pfeilschnell. Vertraue nie dem allgemeinen Eindruck, mein Guter, sondern konzentriere dich auf die Details. Mein erster Blick gilt stets den Ärmeln einer Frau. Bei einem Mann sieht man sich vielleicht am besten zuerst die Hosenbeine an. Wie du gemerkt hast, hatte die Dame Samt am Ärmel, das brauchbarste Material, um Spuren aufzunehmen. Die Doppellinie kurz über dem Handgelenk, wo die Maschineschreiberin an die Tischkante kommt, war wunderbar deutlich. Die Nähmaschine des Hand-Typs hinterläßt ein ähnliches Mal, doch nur am linken Arm und auf der dem Daumen abgewandten Seite, statt längs des breitesten Teils wie hier. Dann habe ich einen Blick auf ihr Gesicht geworfen, und als ich zu beiden Seiten der Nase den Abdruck eines pince-nez sah, riskierte ich eine Bemerkung über Kurzsichtigkeit und Maschineschreiben, was sie zu überraschen schien.«

»Kein Wunder.«

»Es war aber doch ganz eindeutig. Dann schaute ich nach unten. Ihre Stiefel ähnelten sich zwar, gehörten aber nicht zusammen, denn der eine hatte eine leicht ornamentierte Kappe, der andere nicht. Einer war nur an den beiden unteren Knöpfen geschlossen, der andere am ersten, dritten und fünften. Nun, und wenn du siehst, daß eine junge Dame, die sonst adrett gekleidet ist, mit verschiedenen und halbgeschlossenen Stiefeln von Hause fort geht, gehört kein großer Scharfsinn zu der Schlußfolgerung, daß sie es eilig hatte.«

»Und was noch?« fragte ich.

»Ich bemerkte im Vorübergehen, daß sie etwas mit der Hand geschrieben hatte, ehe sie das Haus verließ — nachdem sie bereits angezogen war. Du hast beobachtet, daß ihr rechter Handschuh am Zeigefinger durchgestoßen war, aber der Fleck violetter Tinte auf Handschuh und Finger ist dir offenbar nicht aufgefallen. Sie hat in Eile geschrieben und dabei die Feder zu tief eingetaucht. Es muß heute früh gewesen sein, sonst wäre der Fleck am Finger nicht so deutlich. Alles ganz amüsant, nicht? Aber das sind Anfangsgründe, und ich muß an die Arbeit, Watson. Würdest du mir bitte die annoncierte Beschreibung von Mr. Hosmer Angel vorlesen?«

Ich hielt den kleinen gedruckten Zettel ans Licht. »›Vermißt‹, hieß es, ›seit dem 14., vormittags, ein Herr mit Namen Hosmer Angel. Etwa 5 Fuß 7 Zoll groß; kräftig gebaut, bläßliche Gesichtsfarbe, schwarzes Haar, in der Mitte schütter, buschiger schwarzer Schnurr- und Backenbart; gefärbte Augengläser, kleiner Sprachfehler. War zuletzt bekleidet mit schwarzem, seidengefaßtem Gehrock, schwarzer Weste, goldener Albert-Kette und grauer Harris-Tweed-Hose mit braunen Gamaschen über Stiefeln mit seitlichen Gummizügen. Beschäftigt in einem Kontor in der Leadenhall Street. Jeder, der ...‹ Und so weiter.«

»Das genügt«, sagte Holmes. »Nun zu den Briefen.« Er überflog sie. »Vollkommen belanglos. Absolut kein Hinweis. Außer, daß er einmal Balzac zitiert. Ein Punkt jedoch ist bemerkenswert, der dir zweifellos auffallen wird.«

»Sie sind maschinengeschrieben«, sagte ich.

»Nicht nur das — auch die Unterschrift ist maschinengeschrieben. Sieh dir das hübsche kleine ›Hosmer Angel‹ am Schluß an. Ein Datum ist da, wie du siehst, aber kein Briefkopf außer Leadenhall Street, also reichlich vage. Vielsagend ist die Unterschrift, ja, wir können sie ruhig beweiskräftig nennen.«

»Wieso?«

»Mein lieber Freund, begreifst du nicht, wie wichtig sie für den Fall ist?«

»Nein! — Es sei denn, er wollte seine Unterschrift nicht preisgeben. Bruch des Eheversprechens und dergleichen —«

»Nein, darum handelt es sich nicht. Aber ich werde zwei Briefe schreiben, die uns Klarheit verschaffen müßten. Der eine geht an eine Firma in der City, der andere an den Stiefvater der jungen Dame, Mr. Windibank. Ich bitte ihn, morgen nachmittag um sechs Uhr hier mit uns zusammenzutreffen. Warum sollen wir uns nicht einmal die männliche Seite der Familie ansehen? Weiter können wir nichts tun, Doktor. Wollen wir unser kleines Problem also zu den Akten legen, bis die Antwort auf die beiden Briefe eintrifft.«

Ich hatte Ursache genug, auf meines Freundes Denkfähigkeit und Tatkraft zu vertrauen, und war sicher, daß seine hoffnungsvolle Einstellung diesem Problem gegenüber gute

Gründe haben mußte. Im Fall des Herzogs von Böhmen, der ihm vorhin eingefallen war, hatte er versagt, das stimmt, aber wenn ich an seine verblüffende Meisterschaft bei der Lösung des ›Zeichens der Vier‹ zurückdachte, zweifelte ich nicht, daß er Miss Sutherland helfen würde.*

Er paffte seine Pfeife, und ich ging nach Hause. Meine Sorge galt einem Patienten, auch einem heiklen Fall, wenngleich keinem kriminellen – jedenfalls brachte ich an seinem Bett den nächsten Tag zu. Erst kurz vor sechs konnte ich ihn allein lassen und sprang in eine Droschke, die mich zur Baker Street brachte. Ich fürchtete schon, zur Entwirrung des Knotens zu spät zu kommen, doch Sherlock Holmes war noch allein. Seine lange dürre Gestalt kauerte zusammengerollt in den Tiefen des Sessels. Eine stattliche Reihe von Fläschchen und Reagenzgläsern und der beißend-reine Geruch von Salzsäure sagte mir, daß er den Tag mit seinen geliebten chemischen Untersuchungen zugebracht hatte.

»Na, hast du's gelöst?« fragte ich beim Eintreten.

»Ja. Es war Bariumsulphat.«

»Nein«, sagte ich. »Das Geheimnis des verschwundenen Bräutigams!«

»Ach, das! Daran war nichts Geheimnisvolles, obwohl einige Details von Interesse sind, wie ich schon gestern sagte. Die einzige Schattenseite ist die: ich fürchte, es gibt kein Gesetz, mit dem man dem Schurken beikommen könnte.«

»Wer war's denn? Weshalb hat er Miß Sutherland im Stich gelassen?«

Kaum war mir die Frage entschlüpft, da hörten wir schon Schritte im Flur und ein Klopfen an der Tür.

»Da kommt des Mädchens Stiefvater, Mr. James Windibank«, sagte Holmes. »Herein!«

Der Mann, der ins Zimmer trat, war ein derber Bursche von mittlerer Größe, in den Dreißigern, glattrasiert und bleichhäutig, mit einer sanften, einschmeichelnden Art und scharfen, durchdringenden Augen. Er warf uns einen fragenden Blick zu, legte seinen glänzenden Zylinder auf die Kommode und setzte sich mit einer leichten Verbeugung in den nächsten Sessel.

---

* Siehe Sir Arthur Conan Doyle, »Im Zeichen der Vier«

»Guten Abend, Mr. Windibank«, sagte Holmes. »Dieser maschinengeschriebene Brief ist wohl von Ihnen, nicht war? Sie bestätigten unsere Verabredung auf sechs Uhr.«

»Ja, Sir. Ich fürchte, ich komme ein bißchen zu spät. Ich kann nicht frei über meine Zeit verfügen. Es tut mir leid, daß Miss Sutherland Sie mit dieser Lappalie belästigt hat. Ich halte es für besser, diese Art von Wäsche nicht in der Öffentlichkeit zu waschen. Mary ist gegen meinen Wunsch zu Ihnen gegangen – ein leicht erregbares, recht impulsives Mädchen, wie Sie vielleicht gemerkt haben, und schwer im Zaum zu halten, sobald sie sich etwas in den Kopf gesetzt hat. Ich hab' gegen Sie persönlich nichts einzuwenden, denn Sie gehören ja nicht dem Polizeidienst an, aber es ist mir unangenehm, wenn ein solches Familienpech an die große Glocke gehängt wird. Darüber hinaus ist's eine unnütze Ausgabe, denn wie sollten Sie in der Lage sein, diesen Hosmer Angel zu finden?«

Holmes sagte ruhig: »Ich habe jeden Grund zu der Annahme, daß es mir gelingen wird.«

Mr. Windibank ließ seine Handschuhe fallen. »Das freut mich zu hören«, sagte er.

Holmes deutete eine leichte Verbeugung an:

»Es ist schon merkwürdig, eine Schreibmaschine hat tatsächlich die gleiche Individualität wie eine menschliche Handschrift. Sofern sie nicht ganz neu sind, schreiben keine zwei Maschinen gleich. Manche Typen nutzen sich mehr ab als andere, und manche ungleichmäßig. Nun, Sie werden feststellen, Mr. Windibank, daß in dieser Ihrer Mitteilung über dem ›e‹ jedesmal ein kleiner Wischer ist und daß der Bogen des ›r‹ einen minimalen Defekt aufweist. Es gibt noch vierzehn andere Charakteristiken, aber diese beiden sind am augenfälligsten.«

»Im Büro erledigen wir unsere ganze Korrespondenz mit dieser Maschine, da ist sie schon ein bißchen abgenutzt«, antwortete unser Besucher, wobei er Holmes mit seinen kleinen hellen Augen musterte.

»Und jetzt werde ich Ihnen noch etwas anderes zeigen, Mr. Windibank. Ich gedenke, eines Tages eine kleine Monographie über die Schreibmaschine und ihre Beziehung zur Kriminalität zu verfassen. Ich habe diesem Gegenstand ein wenig Aufmerksamkeit gewidmet. – Hier sind vier Briefe, die von der vermißten Person stammen. Alle sind maschinengeschrieben. Das ›e‹ ist verwischt, das ›r‹ ist fast schwanzlos, und im übrigen sind auch die vierzehn anderen Charakteristiken vorhanden, die ich erwähnte. Wollen Sie eine Lupe zu Hilfe nehmen?«

Mr. Windibank sprang auf und griff nach seinem Hut. »Mit solch phantastischem Geschwätz kann ich meine Zeit nicht vergeuden, Mr. Holmes«, sagte er. »Wenn Sie den Kerl kriegen können, um so besser. Und wenn Sie ihn haben, lassen Sie's mich wissen.«

»Gewiß«, sagte Holmes, trat zur Tür und drehte den Schlüssel herum. »Ich lasse Sie also wissen, daß ich ihn habe!«

»Was? Wo?« rief Mr. Windibank. Er wurde weiß bis auf die Lippen und blickte sich um wie eine Ratte in der Falle.

»Ach, lassen Sie's gut sein – wirklich«, sagte Holmes freundlich. »Sie werden keinen Ausweg finden, Mr. Windibank. Ihr Vorhaben ist allzu durchsichtig. Es gehört nicht viel dazu, Ihnen hinter die Schliche zu kommen. Setzen Sie sich doch bitte wieder hin!«

Der Mann fiel in seinen Sessel; sein Gesicht blieb blaß, und über seinen Augenbrauen glitzerten Schweißtröpfchen. »Sie – Sie können mich nicht belangen«, stammelte er.

»Leider fürchte ich das auch. Aber unter uns, Mr. Windibank: das war ein ziemlich grausamer, selbstsüchtiger und niederträchtiger Trick. – Nun, ich werde kurz den Ablauf der Ereignisse rekonstruieren, und Sie widersprechen mir bitte, wenn ich irre.«

Mr. Windibank saß verwirrt im Sessel; sein Kinn hing auf die Brust, und er sah ganz vernichtet aus. Holmes legte seine Füße auf die Kante des Kaminsimses, lehnte sich, die Hände in den Taschen, zurück und begann zu erzählen – mehr für sich selber bestimmt als für uns, konnte man meinen.

»Der Mann heiratete eine Frau, die viel älter war als er«, sagte er. »Des Geldes wegen. Und solange die Tochter bei ihnen wohnte, stand ihm auch deren Geld zur Verfügung. Für einen Menschen in seiner Lage war es eine beträchtliche Summe, und er wollte sie nicht verlieren. Er mußte also versuchen, die Tochter im Hause zu halten. Sie war umgänglich und freundlich, liebevoll und warmherzig. Dazu ihr Einkommen. Also würde sie nicht lange unverheiratet bleiben. Schön. Aber wenn sie heiratete, gingen die hundert Pfund pro Jahr verloren. Was tut der Stiefvater? Er verbietet ihr den Umgang mit Menschen gleichen Alters. Bald jedoch entdeckt er, daß das auf die Dauer nichts hilft. Sie wird widerspenstig, pocht auf ihre Rechte, bekundet schließlich den festen Entschluß, an einem bestimmten Ball teilzunehmen. Was tut der listige Stiefvater da? Er denkt sich etwas aus, das zwar seinem Köpfchen die Ehre macht, nicht aber seinem Herzen. Unter Duldung und mit Hilfe seiner Frau verkleidet er sich, versteckt seine scharfen Augen hinter einer gefärbten Brille, maskiert sein Gesicht mit einem Schnurrbart und einem buschigen Backenbart, senkt seine Stimme zu einem heiseren Flüstern und erscheint dem Mädchen — das ohnehin kurzsichtig ist — als Mr. Hosmer Angel. Um andere fernzuhalten, betätigt er sich selber als Liebhaber.«

»War ja zuerst nur ein Scherz«, sagte Mr. Windibank ächzend. »Wir hätten nie gedacht, daß es so weit kommen würde.«

»Vielleicht nicht. Wie dem auch sei, es kam ganz entschieden zu weit. Und da die junge Dame davon überzeugt war, daß sich ihr Stiefvater in Frankreich befand, ahnte sie nicht im mindesten, daß hier falsch gespielt wurde. Sie fühlte sich von den Aufmerksamkeiten des Herrn geschmeichelt, und die Begeisterung ihrer Mutter tat ein übriges. Dann begann Mr. Angel vorzusprechen, denn die Sache mußte soweit wie möglich vorangetrieben werden, um eine nachhaltige Wirkung zu erzielen. Man traf sich, und man verlobte sich. Aber die Täuschung ließ sich nicht ewig aufrecht erhalten. Diese vorgeblichen Reisen nach Frankreich waren recht lästig. Man mußte die Geschichte also zu einem Abschluß bringen, der auf die Dame einen nachhaltigen Eindruck machte und ihr die Augen für etwaige künftige Freier verschloß. Daher die Treueschwüre auf die Bibel. Daher auch die Anspielung, daß etwas dazwischenkommen könne. Ausgerechnet am Hochzeitsmorgen. James Windibank wollte, daß Miss Sutherland an Hosmer Angel gebunden und über sein Schicksal im ungewissen blieb, so daß sie zumindest in den nächsten Jahren keinen anderen Mann erhören würde. Er brachte sie bis zur Kirchentür. Weiter ging's nicht, also verzog er sich auf die altbekannte Weise, indem er links in eine Droschke einstieg und sie rechts verließ.

Dies war wohl so ungefähr die Reihenfolge der Ereignisse, nicht wahr, Mr. Windibank?«

Unser Besucher hatte einen Teil seiner Selbstsicherheit zurückgewonnen, während Holmes sprach. Jetzt erhob er sich mit einem kalten Lächeln auf dem blassen Gesicht. »Vielleicht war's so, vielleicht war's nicht so, Mr. Holmes«, sagte er. »Aber wenn Sie schon derart scharfsinnig sind, müßten Sie auch wissen, daß *Sie* jetzt das Gesetz übertreten – nicht ich. Ich hab' nichts Strafbares getan, aber solange Sie die Tür da versperrt halten, können Sie wegen Bedrohung und Nötigung belangt werden.«

»Das Gesetz kann Ihnen nichts anhaben«, sagte Holmes. »Leider stimmt das.« Er schloß die Tür auf und öffnete sie weit. »Dabei hat niemals jemand mehr Strafe verdient als Sie. Hätte die junge Dame einen Bruder oder einen Freund, müßte der Ihnen eins mit der Peitsche über den Buckel geben!« Beim Anblick des hämischen Lächelns schoß Holmes das Blut ins Gesicht. »Es gehört nicht zu meinen Pflichten meiner Klientin gegenüber, aber hier hängt eine Jagdpeitsche, und es wird mir ein Vergnügen sein ...« Er tat zwei schnelle Schritte, doch ehe er die Peitsche packen konnte, rannte Mr. Windibank die Treppe hinunter. Wir hörten die schwere Dielentür knallen, und vom Fenster aus sahen wir, wie James Windibank die Straße hinablief, als koste es sein Leben.

»Kaltschnäuziger Schurke«, sagte Holmes und ließ sich in seinen Sessel fallen. »Der Kerl wird noch einiges anstellen und eines Tages am Galgen enden. Aber ganz uninteressant war der Fall nicht.«

»Mir leuchten bloß noch nicht alle Schritte deiner Beweisführung ein«, sagte ich.

»Nein, wirklich nicht? Ach, Watson! Es war natürlich von Anbeginn klar, daß dieser Hosmer Angel einen starken Beweggrund für sein ausgefallenes Handeln haben mußte. Gleichermaßen klar war, daß nur *ein* Mensch von diesem Unternehmen profitierte: der Stiefvater. Hinzu kam, daß die beiden Männer nie zusammen waren – der eine tauchte auf, wenn der andere verschwand. Weiterhin die dunkle Brille, die merkwürdige Stimme, der buschige Backenbart. Alles Hinweise auf Täuschungsmanöver. Die maschinengeschriebene Unterschrift bestärkte mich in meinem Verdacht. Ihr war also seine

Handschrift viel zu gut bekannt. Du siehst, daß all diese Fakten, mit einigen anderen, nicht so auffälligen, in die gleiche Richtung zeigen.«

»Und wie hast du deine Vermutungen überprüft?«

»Als ich meinen Mann erst einmal im Blick hatte, war's ganz einfach, die Bestätigung zu finden. Ich wußte, für welche Firma er arbeitete. Aus der Beschreibung in der Zeitung entfernte ich alles, was Maske sein konnte: den Bart, die Brille, die heisere Stimme – und dann schickte ich *meine* Beschreibung an die Firma und bat um Mitteilung, ob sie auf einen ihrer Reisenden zutreffe. Die Eigenheiten der Schreibmaschine hatte ich bereits bemerkt, und so schrieb ich auch an den Mann selber, über seine Geschäftsadresse, und bat ihn, heute herzukommen. Wie ich erwartete, war die Antwort mit der Maschine geschrieben und offenbarte dieselben geringfügigen und doch so charakteristischen Defekte. Die gleiche Post brachte mir einen Brief von der Firma Westhouse & Marbank, Fenchurch Street, der besagte, daß meine Beschreibung auf ihren Angestellten James Windibank zutreffe. *Voilà tout!*«

»Und Miss Sutherland?«

»Wenn ich's ihr sage, wird sie's nicht glauben. Vielleicht erinnerst du dich des alten persischen Sprichworts – oder war es lateinisch –: ›Gefahr droht dem, der einer Tigerin das Junge raubt; Gefahr auch dem, der einer Frau die Täuschung nimmt.‹ – Ob Hafis oder Horaz, der Mann wußte Bescheid und kannte das Leben.«

Der Daumen des Ingenieurs

Von allen Problemen, die an Sherlock Holmes herangetragen wurden, habe ich persönlich in den Jahren unserer Freundschaft nur zwei ihm nahegebracht, darunter das von Mr. Hatherleys Daumen. Der Beginn der Geschichte ist so seltsam, und ihre Einzelheiten sind so dramatisch, daß sie aufgezeichnet zu werden verdient, wenn sie auch meinem Freund nicht mehr viel Gelegenheit geben konnte, seine kombinatorischen Fähigkeiten in die Praxis umzusetzen. Die Story ist, glaube ich, mehr als einmal in den Zeitungen erschienen, doch wirkt sie natürlich sehr viel schwächer, wenn sie *en bloc* in einer halben Spalte berichtet wird, als wenn sich die Fakten nach und nach entwickeln und jede neue Entdeckung einen Schritt näher zur Wahrheit führt.

Die Ereignisse, die ich nun also zusammenfassen will, geschahen im Sommer 1889, nicht lange nach meiner Heirat. Ich hatte, wie man weiß, eine Praxis eröffnet und schließlich Holmes in seiner Wohnung in der Baker Street verlassen, obwohl ich ihn regelmäßig besuchte und ihn gelegentlich sogar dazu überredete, von seinen Bohème-Angewohnheiten abzuweichen und uns einen Besuch abzustatten. Meine Praxis war stetig gewachsen, und da ich nicht weit von der Paddington Station entfernt wohnte, gehörten ein paar Eisenbahner zu meinen Patienten. Einen hatte ich von einer schmerzhaften schleichenden Krankheit geheilt, und er wurde nicht müde, meine Fähigkeiten anzupreisen und mir neue Patienten zu schicken.

Eines Morgens, kurz vor sieben, klopfte das Mädchen an die Tür und meldete, zwei Männer von Paddington seien gekommen und warteten im Sprechzimmer. Ich zog mich rasch an, denn ich wußte aus Erfahrung, daß Eisenbahnunfälle selten harmlos sind, und eilte nach unten. Mein alter Bekannter, der Schaffner, kam aus dem Zimmer und machte sorgfältig die Tür hinter sich zu.

»Ich hab'n hier«, flüsterte er und wies mit dem Daumen über die Schulter. »Der Mann ist in Ordnung.«

»Wo fehlt's ihm denn?« fragte ich. Aus seinem Benehmen konnte man schließen, daß er irgendein seltsames Geschöpf in mein Zimmer gesperrt hatte.

»Ein neuer Patient«, flüsterte er. »Ich hab' gedacht, ich bring' ihn selber her, damit er nicht ausreißen kann. Und da ist er jetzt drin. Ich muß gehn, Doktor, ich hab' ja meine Pflichten, genau wie Sie auch.« Und ab ging er wieder, der treue Schlepper, ohne auch nur meinen Dank abzuwarten.

Ich betrat mein Sprechzimmer und fand einen Herrn am Tisch sitzend. Er trug einen Anzug aus Heather-Tweed, dazu eine weiche Tuchmütze, die er auf meine Bücher gelegt hatte. Um eine Hand war ein blutdurchtränktes Taschentuch gebunden. Er sah jung aus, nicht über fünfundzwanzig, möchte ich sagen, mit einem männlichkräftigen Gesicht. Aber er war außerordentlich blaß und machte den Eindruck eines Mannes, der unter einer starken Erschütterung leidet, die er nur mit äußerster Willenskraft meistern kann.

»Es tut mir leid, Sie so früh aus den Federn zu holen, Doktor«, sagte er. »Aber ich habe in der Nacht einen schweren Unfall gehabt. Ich bin heute früh mit dem Zug gekommen, und als ich in Paddington fragte, wo ich einen Arzt finden könnte, brachte mich ein netter Kerl liebenswürdigerweise zu Ihnen. Ich habe dem Mädchen meine Karte gegeben, aber wie ich sehe, hat sie sie auf dem Tisch liegengelassen.«

Ich hob sie auf und las: Victor Hatherley, Hydraulik-Ingenieur, Victoria Street 16 A (2. Stock).

»Ich bedauere, daß ich Sie habe warten lassen«, sagte ich und setzte mich. »Sie kommen also gerade von einer Nachtfahrt – etwas ziemlich Eintöniges, wie?«

»Oh, ich möchte meine Nacht nicht eintönig nennen«, sagte er und lachte. Er lachte immer lauter. Er lachte aus vollem Halse, mit heller Stimme, lehnte sich in seinem Sessel zurück und hielt sich die Seiten. Mein medizinischer Instinkt wehrte sich gegen dieses Lachen.

»Hören Sie auf!« sagte ich. »Reißen Sie sich zusammen.« Aus einer Karaffe schenkte ich ihm ein Glas Wasser ein. Langsam kam er wieder zu sich.

»Ich hab' einen Narren aus mir gemacht«, sagte er keuchend.

»Ganz und gar nicht. Trinken Sie.« Ich gab einen Schuß Brandy ins Wasser und reichte ihm das Glas.

»So, jetzt geht's schon besser«, sagte er. »Und jetzt kümmern Sie sich vielleicht um meinen Daumen, Doktor. Oder jedenfalls um die Stelle, wo er mal war.«

Er band das Taschentuch ab und streckte mir seine Hand entgegen. Obwohl ich allerhand gewohnt bin, gab mir der Anblick einen kleinen Schock. Vier Finger reckten sich vor – daneben war eine schwammige, scheußliche Fläche, wo der Daumen gesessen hatte. Er mußte abgehackt oder an der Wurzel ausgerissen worden sein.

»Du meine Güte!« rief ich. »Warum sagen Sie das nicht gleich! Sie müssen viel Blut verloren haben.«

»Ja, das wohl. Ich wurde ohnmächtig, als es vorbei war, und ich glaube, ich bin eine ganze Weile bewußtlos gewesen. Als ich zu mir kam, blutete ich noch. Da habe ich ein Ende meines Taschentuchs stramm um mein Handgelenk gebunden und mit einem Zweig festgezurrt.«

»Ausgezeichnet. Sie hätten Feldscher werden sollen.«

»Es ist eine Frage der Hydraulik, wissen Sie – fällt in mein Arbeitsgebiet.«

Ich untersuchte die Wunde. »Das muß mit einem schweren und scharfen Gegenstand passiert sein.«

»Ein Hackmesser war's, oder so was Ähnliches«, sagte er.

»Wohl ein Unfall?«

»Nicht im geringsten.«

»Was, etwa ein Mordanschlag?«

»So ähnlich.«

»Das ist ja entsetzlich.«

Ich reinigte die Wunde, behandelte sie und verband sie schließlich mit Watte und einer Karbolbandage. Er lag stumm zurückgelehnt, biß sich nur von Zeit zu Zeit auf die Lippe.

»Nun, wie fühlen Sie sich?« fragte ich, als ich fertig war.

»Prächtig. Mit Ihrem Brandy und Ihrem Verband wie neugeboren. Ich war recht schwach, aber ich hab' auch eine Menge durchgemacht.«

»Vielleicht reden Sie lieber nicht davon. Es regt Sie offensichtlich auf.«

»Aber nein, jetzt nicht mehr. Ich muß ja der Polizei meine Aussage machen. Unter uns: hätte ich die Wunde hier nicht, würden mir die gar nicht glauben, denn mein Erlebnis ist reichlich ungewöhnlich, und eigentlich habe ich gar keine Beweise. Und selbst, *wenn* sie mir glauben, ich kann wenig Konkretes sagen, so daß wir die Burschen wohl nie erwischen werden.«

»Oh«, sagte ich, »wenn's sich um einen schwierigen Fall handelt, empfehle ich Ihnen meinen Freund Sherlock Holmes, ehe Sie zur Polizei gehen.«

»Von dem hab' ich schon gehört«, entgegnete mein Besucher, »und ich wäre sehr froh, wenn er sich der Sache annähme. Wir dürfen ja keinen Augenblick verlieren, wenn wir die Burschen fassen wollen. Allerdings muß ich die Polizei ebenfalls in Kenntnis setzen. Könnten Sie mir eine Empfehlung mitgeben?«

»Ich gehe mit Ihnen hin.«

»Vielen Dank, Doktor.«

»Wir rufen eine Droschke und fahren zu ihm. Wie ich ihn kenne, kommen wir gerade zum Frühstück zurecht. Einverstanden?«

»Aber natürlich! Ich habe nicht eher Ruhe, als bis ich meine Geschichte losgeworden bin.«

»Mein Diener soll eine Droschke besorgen. Ich bin gleich wieder da.« Ich eilte nach oben, erklärte meiner Frau kurz die Angelegenheit, und fünf Minuten später fuhren wir in die Baker Street.

Sherlock Holmes saß, wie erwartet, im Morgenrock in seinem Wohnzimmer, las die Klatschspalte in der *Times* und rauchte seine Vorfrühstückspfeife – Reste vom Vortag, die auf einer Ecke des Kaminsimses gesammelt und getrocknet wurden. Er empfing uns auf seine ruhige, entgegenkommende Art, bestellte frische Speckschnitten und Eier, und gemeinsam verzehrten wir ein herzhaftes Frühstück. Hernach placierte Holmes unsern neuen Bekannten aufs Sofa, legte ihm ein Kissen unter den Kopf und stellte ein Glas Wasser mit Brandy griffbereit neben ihn.

»Man sieht Ihnen an, daß Sie ein ungewöhnliches Erlebnis hinter sich haben, Mr. Hatherley«, sagte er. »Bitte, bleiben Sie so liegen und fühlen Sie sich ganz wie zu Hause. Erzählen Sie uns, was Sie können, aber hören Sie auf, wenn Sie müde sind. Vielleicht hält dieser Schnaps Sie bei Kräften.«

»Danke«, sagte mein Patient. »Es geht ganz gut, seit der Doktor mich verbunden hat, und Ihr Frühstück war großartig. Ich werde Ihre kostbare Zeit nicht über Gebühr in Anspruch nehmen.«

Holmes lehnte in seinem großen Sessel — mit müdem, schläfrigem Gesichtsausdruck, hinter dem sich seine wachen Sinne verbargen; ich saß ihm gegenüber, und schweigend lauschten wir der seltsamen Geschichte, die der Besucher uns erzählte.

»Sie müssen wissen«, sagte er, »daß ich Waise bin und Junggeselle und allein in London lebe. Von Beruf Ingenieur, arbeite ich seit sieben Jahre bei Venner & Matheson, der bekannten Firma in Greenwich. Vor zwei Jahren war meine Lehrzeit beendet, und da ich durch den Tod meines Vaters in den Besitz einer größeren Summe kam, beschloß ich, mich selbständig zu machen, und mietete Geschäftsräume in der Victoria Street.

Ich glaube, der erste Start als unabhängiger Geschäftsmann ist für jeden eine trübe Erfahrung. Bei mir war's jedenfalls so, und wie! In den zwei Jahren bin ich dreimal konsultiert worden und hatte einen einzigen kleinen Auftrag — das ist alles. Meine Brutto-Einnahmen beliefen sich auf siebenundzwanzig Pfund zehn. Jeden Tag habe ich von neun Uhr morgens bis vier Uhr nachmittags in meiner kleinen Bude gehockt, bis ich langsam den Mut verlor und so weit war, daß ich mir sagte, ich hätte mich nie und nimmer selbständig machen dürfen.

Gestern aber, als ich gerade das Büro verlassen wollte, kam mein Bürodiener und sagte, draußen warte ein Herr, der mich in einer geschäftlichen Angelegenheit zu sprechen wünsche. Er brachte eine Visitenkarte mit dem Namen ›Colonel Lysander Stark‹, und gleich darauf kam der Colonel selber: etwas über mittelgroß, aber unheimlich dünn. Ich glaube, ich hab' noch nie im Leben einen so dünnen Mann gesehen. Sein Gesicht bestand aus Nase und Kinn, und seine Haut war straff über die vorstehenden Backenknochen gespannt. Trotz dieser Abzehrung schien er gesund zu sein, denn seine Augen leuchteten, er hatte einen forschen Gang und trat sehr selbstsicher auf. Er war schlicht, aber korrekt gekleidet und vielleicht so an die Vierzig.

›Mr. Hatherley?‹ sagte er mit einem leicht deutschen Akzent. ›Sie sind mir empfohlen worden, Mr. Hatherley, nicht nur als beruflich tüchtig, sondern auch als diskret und verschwiegen.‹

Ich verbeugte mich. Natürlich war ich geschmeichelt, wie's wohl jeder in meinem Alter sein würde. ›Darf ich fragen, von wem diese schmeichelhafte Beschreibung stammt?‹ fragte ich.

›Nun, vielleicht ist dies nicht der rechte Augenblick dafür. Aus derselben Quelle weiß ich über Ihre persönlichen Verhältnisse Bescheid, daß Sie Waise sind und so weiter.‹

›Stimmt‹, gab ich zur Antwort, ›aber Sie werden verzeihen, wenn ich frage, was das alles mit meiner beruflichen Qualifikation zu tun hat? Sind Sie nicht in einer geschäftlichen Angelegenheit zu mir gekommen?‹

›Doch, natürlich. Sie sehen gleich selbst, daß dies damit zusammenhängt. Ich habe einen Auftrag für Sie. Vorbedingung ist absolute Verschwiegenheit — *absolute* Verschwiegenheit, verstehen Sie? Und die kann man natürlich eher von einem Mann erwarten, der alleinsteht, als von einem, der im trauten Familienkreis lebt.‹

›Wenn ich verspreche, ein Geheimnis zu wahren‹, sagte ich, ›können Sie sich darauf verlassen.‹

Er sah mich scharf an, und mir war, als hätte ich noch nie derart argwöhnische und zweifelnde Augen gesehen.

›Sie versprechen's also?‹ sagte er endlich.

›Ja, ich verspreche es.‹

›Absolutes und vollkommenes Schweigen, vorher und hinterher? Kein einziges Wort, weder mündlich noch schriftlich?‹

›Ich habe Ihnen mein Wort bereits gegeben.‹

›Na schön.‹ Plötzlich sprang er auf, rannte wie der Blitz durchs Zimmer und riß die Tür auf. Der Gang draußen war leer.

›In Ordnung‹, sagte er und kam zurück. ›Ich weiß, daß sich Untergebene gern für die Angelegenheiten ihrer Herren interessieren. So, nun können wir uns ungestört unterhalten.‹ Er rückte seinen Stuhl dicht an meinen und starrte mich wieder mit dem gleichen fragenden und nachdenklichen Blick an.

Mir war nicht ganz wohl bei den Mätzchen dieses fleischlosen Gesellen; ich hatte einen Widerwillen gegen ihn und fürchtete mich auch ein bißchen. Trotz der Angst, einen Kunden zu verlieren, konnte ich mich nicht ganz beherrschen.

›Ich bitte doch, daß Sie zur Sache kommen, Sir‹, sagte ich. ›Meine Zeit ist kostbar.‹ Der Himmel möge mir den letzten Satz vergeben, aber die Worte kamen mir einfach über die Lippen.

›Wären Sie mit fünfzig Guineas für die Arbeit einer Nacht einverstanden?‹ fragte er.

›Das möcht' ich doch meinen.‹

›Ich sage, die Arbeit einer Nacht, dabei käme eine *Stunde* der Sache näher. Ich erbitte Ihren Rat bezüglich einer hydraulischen Presse, die nicht mehr richtig funktioniert. Wenn Sie uns zeigen, woran es liegt, werden wir sie selber in Ordnung bringen. Was halten Sie von einem solchen Auftrag?‹

›Die Arbeit scheint leicht zu sein, und die Bezahlung großzügig.‹

›Genauso ist es. Wir möchten, daß Sie heute abend mit dem letzten Zug zu uns kommen.‹

›Wohin?‹

›Nach Eyford in Berkshire. Das ist ein kleiner Ort an der Grenze von Oxfordshire, sieben Meilen von Reading. Von Paddington Station geht ein Zug ab, mit dem Sie gegen Viertel nach elf dort sind.‹

›Gut.‹

›Ich werde Sie mit dem Wagen abholen.‹

›Dann müssen wir also noch ein Stück fahren?‹

›Ja. Unser Nest liegt ziemlich auf dem Land. Gute sieben Meilen vom Bahnhof Eyford entfernt.‹

›Hm, dann würden wir also kaum vor Mitternacht ankommen, und aus der Rückfahrt dürfte nichts mehr werden. Ich müßte die Nacht dort bleiben.‹

›Wir würden Sie schon unterbringen.‹

›Das paßt mir nicht allzu gut, muß ich sagen. Könnte ich nicht zu einer günstigeren Zeit fahren?‹

›Wir halten es für das beste, wenn Sie spät kommen. Für Ihre Unannehmlichkeiten bieten wir Ihnen, einem jungen und unbekannten Mann, ein Honorar, für das wir den Rat der Koryphäen Ihres Berufes bekämen. Natürlich können Sie auch von der Abmachung zurücktreten — noch ist Zeit.‹

Ich dachte an die fünfzig Guineas, die ich sehr gut gebrauchen konnte.

›Nein, nein‹, sagte ich, ›ich richte mich ganz nach Ihren Wünschen. Es wär' mir aber ganz angenehm, etwas Genaueres über die Arbeit zu erfahren, die mich erwartet.‹

›Selbstverständlich. Es ist nur zu natürlich, daß das Versprechen der Verschwiegenheit, das Sie uns gegeben haben, Ihre Neugier erregt. Sie sollen sich zu nichts verpflichten, ehe Sie nicht im Bilde sind. — Wir können wohl nicht belauscht werden?‹

›Keinesfalls.‹

›Dann ist die Sache also die. Sie wissen vermutlich, daß *fuller's earth* ein wertvolles Produkt ist und in England nur an zwei oder drei Stellen gefunden wird.‹

›Ich hab' davon gehört.‹

›Vor einiger Zeit nun habe ich mir, etwa zehn Meilen von Reading entfernt, etwas Grund und Boden gekauft, ganz wenig. Dann entdeckte ich ein Lager von *fuller's earth* auf dem Gelände. Als wir es untersuchten, stellten wir fest, daß es vergleichsweise klein ist und ein Bindeglied zwischen zwei erheblich größeren Lagern zur Rechten und zur Linken bildet — beide jedoch auf dem Grund und Boden meiner Nachbarn. Diese guten Leute hatten keine Ahnung, daß ihr Land etwas enthielt, was so wertvoll ist wie eine Goldmine. Natürlich lag mir daran, ihnen das Gelände abzukaufen, ehe sie seinen Wert erfuhren, doch unglücklicherweise hatte ich dafür kein Kapital. Da weihte ich ein paar gute Freunde ein, und die schlugen vor, wir sollten heimlich, still und leise unser kleines Lager ausbeuten und auf diese Weise das Geld zum Erwerb der Nachbarfelder herbeischaffen. Das tun wir nun seit einiger Zeit, und um uns die Arbeit zu erleichtern, haben wir eine hydraulische Presse installiert. Die funktioniert nun nicht mehr ordentlich, wie ich bereits erwähnte, und da brauchen wir Ihren Rat. Natürlich hüten wir unser Geheimnis mit allen Mitteln, und wenn es bekannt würde, daß ein Hydraulik-Ingenieur in unser Haus kommt, würde das bald Neugier erwecken, und wenn dann die Wahrheit ans Licht käme, wär's mit dem Kauf der

Felder und unsern Plänen vorbei. Deshalb habe ich Sie versprechen lassen, keiner Menschenseele zu verraten, daß Sie heute abend nach Eyford fahren. Alles klar?‹

›Doch, ja‹, sagte ich. ›Das einzige, was ich nicht ganz verstehe: welchen Sinn hat eine hydraulische Presse, wenn man *fuller's earth* aushebt? Soviel ich weiß, wird sie gewonnen wie Kies aus einer Grube.‹

›Ah, wir haben da unsre eigene Methode. Wir pressen die Erde zu Ziegelsteinen, um sie abtransportieren zu können, ohne Verdacht zu erregen. Aber das ist für Ihre Aufgabe belanglos. Ich habe Sie jetzt ins Vertrauen gezogen, Mr. Hatherley, und Ihnen gesagt, daß ich mich auf Sie verlasse.‹ Dabei stand er auf. ›Ich erwarte Sie also um elf Uhr fünfzehn in Eyford.‹

›Ich bin da.‹

›Und zu keiner Menschenseele ein Wort!‹ Mit einem letzten, langen, fragenden Blick sah er mich an, dann gab er mir seine kalte, feuchte Hand und eilte aus dem Zimmer. Na ja, als ich's mir in Ruhe überlegte, war ich über den Auftrag, der mir da so plötzlich ins Haus geschneit war, ganz schön erstaunt – das können Sie sich wohl denken. Auf der einen Seite war ich natürlich froh, denn ich hätte allenfalls den zehnten Teil der Bezahlung verlangt, und es war möglich, daß dieser Auftrag andere nach sich ziehen würde. Auf der anderen Seite hatte mein Arbeitgeber einen ungünstigen Eindruck auf mich gemacht, und seine Erklärung mit der *fuller's earth* genügte mir nicht ganz. Deshalb also sollte ich um Mitternacht hinausfahren? Na, und schließlich irritierte mich die übertriebene Schweigepflicht. Nun ja, ich schlug alle Bedenken in den Wind, aß gut zu Abend, fuhr nach Paddington und machte mich auf die Reise. Natürlich sagte ich keinem etwas davon.

In Reading mußte ich nicht nur umsteigen, sondern auch zu einem anderen Bahnhof. Ich erreichte jedoch den letzten Zug nach Eyford, und kurz nach elf kam ich auf der kleinen, schlecht beleuchteten Station an. Ich stieg als einziger aus. Auf dem Bahnsteig war niemand, nur ein verschlafener Schaffner mit einer Laterne. Vor dem Bahnhof aber wartete mein Bekannter im Schatten der Bäume. Ohne ein Wort packte er mich beim Arm und eilte zu einer Kutsche, deren Schlag offenstand. Er schloß die Fenster zu beiden Seiten, klopfte ans Holz, und los ging's, so schnell der Gaul nur laufen wollte.«

Holmes unterbrach. »*Ein* Pferd?«

»Ja, nur eins.«

»Haben Sie die Farbe sehen können?«

»Ja, doch; die Kutschlampen brannten. Es war ein Fuchs.«

»Ermüdet oder frisch?«

»Oh, ganz frisch und blitzblank.«

»Danke. Verzeihen Sie meine Unterbrechung. Erzählen Sie bitte weiter.«

»Los ging's also, und wir fuhren mindestens eine Stunde. Colonel Lysander Stark hatte gesagt, es wären nur sieben Meilen, aber bei dem Tempo möcht' ich sagen, daß es zwölf gewesen sind. Er saß die ganze Zeit schweigend neben mir, und wenn ich in seine Richtung schaute, hatte ich das Gefühl, daß er mich dauernd heimlich im Auge behielt. Die Landstraßen schienen nicht allzu gut zu sein, denn es schüttelte und rumpelte gewaltig. Ich hätte gern mal aus dem Fenster geguckt, um zu sehen, wo wir waren, aber sie bestanden aus Eisglas, und so konnte ich nur dann und wann ein blasses Licht vorüberhuschen sehen. Ab und zu wagte ich eine Bemerkung, um die Monotonie der Fahrt zu durchbrechen, aber der Colonel antwortete nur einsilbig, und die Unterhaltung schlief alsbald wieder ein. Endlich wurde das Landstraßen-Geholper von glattem Knirschen auf Kies abgelöst, und dann hielt die Kutsche an. Colonel Stark sprang heraus, ich folgte ihm, und er zog mich schnell auf eine Veranda. Wir kamen aus der Kutsche fast unmittelbar in die Diele, so daß ich keine Spur der Hausfront sehen konnte. In dem Augenblick, da wir die Schwelle überschritten, schlug die Tür schwer hinter uns zu. Ganz schwach hörte ich, wie die Kutsche davonratterte.

Es war pechschwarze Nacht im Haus; der Colonel suchte nach Streichhölzern und murmelte vor sich hin. Plötzlich ging am anderen Ende des Korridors eine Tür auf, und ein langer, goldener Lichtstrahl fiel in unsere Richtung. Er wurde breiter, und eine Frau erschien mit einer Lampe in der Hand, die sie über den Kopf hielt. Sie beugte sich vor und sah uns an. Ich konnte sehen, daß sie hübsch war, und ihr dunkles Gewand mußte aus kostbarem Stoff bestehen, denn es schimmerte im Lampenschein. Sie sprach ein paar fragende Worte in einer fremden Sprache, und als ihr mein Begleiter schroff antwortete, bekam sie einen solchen Schreck, daß ihr fast die Lampe aus der Hand gefallen wäre. Colonel Stark ging zu ihr und flüsterte ihr etwas ins Ohr und stieß sie in das Zimmer zurück, aus dem sie gekommen war. Mit der Lampe kam er auf mich zu.

›Vielleicht haben Sie die Freundlichkeit, hier ein paar Minuten auf mich zu warten‹, sagte er und öffnete eine andere Tür. Es war ein kleiner, unscheinbar eingerichteter Raum mit einem alten runden Tisch in der Mitte, auf dem etliche deutsche Bücher lagen. Colonel Stark stellte die Lampe auf das Harmonium an der Tür. ›Ich bin gleich wieder da‹, sagte er und verschwand dann im Dunkeln.

Ich sah mir die Bücher auf dem Tisch an, und wenn ich auch kein Deutsch verstehe, so erkannte ich doch, daß es zwei wissenschaftliche Werke waren – sonst nur Gedichtbände. Dann ging ich zum Fenster, um mich vielleicht orientieren zu können, aber es war mit einem stark gesicherten Eichenladen verschlossen. Das Haus war erstaunlich ruhig. Im Gang irgendwo tickte laut eine Uhr, aber sonst war alles totenstill. Ein leichtes Gefühl des Unbehagens überkam mich. Wer waren diese Deutschen und was taten sie in diesem seltsamen, einsamen Haus? Und wo waren wir? Zehn Meilen oder so von Eyford entfernt – mehr wußte ich nicht. Nach Norden, Süden, Osten oder Westen? Ich hatte keine Ahnung. In diesem Umkreis lagen außer Reading möglicherweise noch andere große Städte, also befanden wir uns vielleicht gar nicht in solcher Abgeschiedenheit. Aus der absoluten Stille wiederum konnte man schließen, daß ringsum freies Land war. Ich ging im Raum auf und ab, summte vor mich hin, um bei Laune zu bleiben, und hatte das Gefühl, meine fünfzig Guineas durchaus zu verdienen.

Ohne Ankündigung ging plötzlich, unhörbar die Tür auf. Die Frau stand im Rahmen, hinter sich das Dunkel des Ganges, auf ihrem erregten, schönen Gesicht das gelbe Licht meiner Lampe. Ich sah sofort, daß sie vollkommen verängstigt war. Ihr Anblick machte mich frösteln. Sie hob einen zitternden Finger an den Mund, ich solle schweigen, und flüsterte mir ein paar Worte in gebrochenem Englisch zu, wobei sie angstvoll in die Düsternis hinter sich blickte.

›Ich würde gehen‹, sagte sie und versuchte, ruhig zu sprechen. ›Ich würde gehen. Ich würde nicht bleiben hier. Sie haben nichts Gutes zu tun.‹

›Aber, Madam‹, sagte ich, ›ich habe ja meinen Auftrag noch nicht erledigt. Ich kann unmöglich gehen, ehe ich die Maschine gesehen habe.‹

›Es lohnt sich nicht für Sie zu warten‹, fuhr sie fort. ›Sie können gehen durch die Tür; niemand Sie hindern.‹ Als sie sah, daß ich lächelte und den Kopf schüttelte, gab sie plötzlich ihre Zurückhaltung auf, rang wie wild die Hände und trat dann einen Schritt vor. ›Um Himmels willen‹, flüsterte sie, ›gehen Sie fort von hier, bevor es zu spät!‹

Aber ich bin von Natur aus etwas halsstarrig, und das verstärkt sich, wenn Schwierigkeiten auftreten. Ich dachte an meine fünfzig Guineas, an meine ermüdende Reise und die unangenehme Nacht, die vor mir zu liegen schien. All das für nichts? Weshalb sollte ich mich aus dem Staub machen, ohne meinen Auftrag ausgeführt zu haben, und ohne die mir zustehende Bezahlung? Diese Frau war vielleicht nicht ganz normal, hatte eine fixe Idee oder so was. Allerdings war ich nun mehr durcheinandergebracht, als ich zugeben mochte; aber ich schüttelte trotzdem den Kopf und erklärte, ich würde bleiben. Sie wollte weiter auf mich einreden, da schlug oben eine Tür, und auf der Treppe erklangen Schritte. Sie lauschte kurz, hob verzweifelt die Hände und verschwand so plötzlich und geräuschlos, wie sie gekommen war.

Colonel Lysander Stark trat ein. In seiner Begleitung war ein kleiner, dicker Mann, dem aus den Falten seines Doppelkinns ein dürftiges Bärtchen sproß und der mir als Mr. Ferguson vorgestellt wurde.

›Dies ist mein Sekretär und Manager‹, sagte der Colonel. ›Übrigens – habe ich die Tür nicht hinter mir zugemacht? Hoffentlich hat Sie der Zug nicht gestört.‹

›Im Gegenteil‹, sagte ich. ›Ich hab' sie selbst aufgemacht, weil ich's ein bißchen drückend fand.‹

Er warf mir einen argwöhnischen Blick zu. ›Vielleicht kommen wir nun besser zum Kern der Sache‹, sagte er. ›Wir werden Ihnen die Maschine oben zeigen.‹

›Da setz' ich wohl lieber meinen Hut auf.‹

›Aber nein, wir bleiben ja im Haus.‹

›Was, Sie graben *fuller's earth* im Hause?‹

›Nein, nein. Hier pressen wir sie nur. Aber das ist völlig belanglos. Sie sollen nur die Maschine untersuchen und uns sagen, woran es fehlt.‹

Gemeinsam gingen wir die Treppe hinauf, der Colonel mit der Laterne voraus, der fette Manager und ich hinterher. Das alte Haus war ein regelrechtes Labyrinth: Korridore, Gänge, schmale Wendeltreppen und kleine niedrige Türen, deren Schwellen von Generationen ausgetreten waren. Keine Teppiche, keinerlei Mobiliar, außer im Erdgeschoß, der Verputz fiel von den Wänden, und die Feuchtigkeit drang in grünen, ungesunden Flecken durch. Ich versuchte, so unbeteiligt wie möglich zu erscheinen, aber ich hatte die Warnung der Dame nicht vergessen und behielt meine beiden Begleiter scharf im Auge. Ferguson schien ein mürrischer und schweigsamer Kerl zu sein, doch war er wenigstens ein Landsmann, wie ich seinen Worten entnehmen konnte.

Endlich blieb Colonel Stark vor einer niedrigen Tür stehen und schloß sie auf. Dahinter lag ein winziger quadratischer Raum, in den wir zu dritt kaum hineinpaßten. Ferguson blieb draußen, und der Colonel ging mit mir hinein.

›Wir befinden uns hier‹, sagte er, ›in der hydraulischen Presse, und es wäre äußerst unangenehm für uns, wenn jetzt jemand auf die Idee käme, sie in Gang zu setzen. Die Decke dieser kleinen Kammer ist in Wirklichkeit der absteigende Kolben, der mit einer Kraft von vielen Tonnen auf diesen Metallboden drückt. Kleine seitliche Wassersäulen draußen übernehmen die Kraft und übertragen und vervielfachen sie auf die Ihnen ja geläufige Art und Weise. Die Maschine tut's noch einigermaßen, aber irgendwo ist eine gewisse Starre eingetreten, und sie hat an Druck verloren. Vielleicht haben Sie die Güte, sich alles einmal anzusehen und uns zu zeigen, wie wir's richten können.«

Ich nahm die Lampe und untersuchte die Maschine sehr sorgfältig. Sie war tatsächlich gigantisch und konnte einen enormen Druck ausüben. Als ich jedoch hinausging und die Hebel in Bewegung setzte, erkannte ich an dem zischenden Geräusch gleich, daß irgendwo ein Leck war, das ein Zurückfließen des Wassers durch einen der Seitenzylinder erlaubte. Eine Nachforschung ergab, daß einer der Gummiringe am

Kopf des Kolbens eingeschrumpft war, so daß er den Zylinder nicht mehr ganz ausfüllte. Zweifellos war dies die Ursache des Druckverlustes, und ich wies meine Begleiter darauf hin. Sie lauschten aufmerksam meinen Ausführungen und stellten etliche Fragen, wie sie die Reparatur bewerkstelligen sollten. Als ich's ihnen erklärt hatte, kehrte ich in die Hauptkammer der Maschine zurück, um meine Neugier zu befriedigen. Es lag auf der Hand, daß die Geschichte mit der *fuller's earth* reine Erfindung war, denn niemand würde für einen so unangemessenen Zweck eine derartige Hochleistungsanlage bauen. Die Wände bestanden aus Holz, aber der Boden war ein großer Eisentrog, und als ich ihn näher betrachtete, sah ich überall eine Kruste metallischer Ablagerung. Ich bückte mich und kratzte daran, weil ich wissen wollte, was es war. Da hörte ich einen unterdrückten Ausruf und sah, wie das ausgemergelte Gesicht des Obersten auf mich herabblickte.

›Was machen Sie da?‹ fragte er.

Ich ärgerte mich, daß er mich mit seiner Geschichte an der Nase herumgeführt hatte. ›Ich bewundere Ihre *fuller's earth*‹, sagte ich. ›Wenn ich nämlich wüßte, wozu die Maschine wirklich dient, könnte ich Sie vielleicht besser beraten.‹

Kaum hatte ich's gesagt, da bereute ich schon meine Unbesonnenheit. Sein Gesicht wurde hart, seine Augen funkelten drohend.

›Na schön‹ sagte er, ›Sie sollen's ganz genau wissen!‹ Er trat einen Schritt zurück, schlug die kleine Tür zu und drehte den Schlüssel um. Ich rüttelte an der Klinke und trat und drückte, aber ohne jeden Erfolg. ›He!‹ schrie ich. ›Holla! He! Colonel! Lassen Sie mich 'raus!‹

In der Stille hörte ich plötzlich das Geräusch. Ich werd's nie im Leben vergessen. Langsam ging's los: das Rasseln der Hebel, das Zischen des lecken Zylinders. Er hatte die Maschine in Gang gesetzt! Die Lampe stand noch auf dem Boden, wo ich sie hingestellt hatte, als ich den Trog untersuchte. In ihrem Licht sah ich, daß die schwarze Decke auf mich herunterkam, langsam, ruckweise, aber mit einer Gewalt — wer wüßte das besser als ich —, die mich in einer Minute zu einem formlosen Brei zerquetschen würde. Schreiend warf ich mich gegen die Tür, kratzte mit den Nägeln am Schloß. Ich flehte den Colonel an, mich 'rauszulassen, aber das Rattern des unbarmherzigen Apparats übertönte mein Schreien. Die Decke war nur noch ein oder zwei Fuß über meinem Kopf, und ich konnte mit ausgestreckter Hand ihre harte, grobe Oberfläche fühlen. Da fuhr mir blitzartig durch den Sinn, daß der Todesschmerz von der Lage meines Körpers abhängen würde. Wenn ich mich aufs Gesicht legte, traf die Decke mein Rückgrat, und ich erschauderte bei dem Gedanken an das ekelhafte Knacken. Vielleicht war's andersrum leichter? Aber würde ich's fertigbringen, mich auf den Rücken zu legen und zuzusehen, wie sich der tödliche schwarze Schatten auf mich niedersenkte? Ich konnt' schon nicht mehr aufrecht stehen — da sah ich etwas.

Ich hab' schon erzählt, daß Boden und Decke aus Eisen bestanden, die Wände jedoch aus Holz. Und als ich mich noch einmal in höchster Verzweiflung umschaute, sah ich einen schmalen gelben Lichtstreifen zwischen zwei Brettern. Er wurde breiter und breiter: eine Öffnung zeigte sich. Eine Sekunde lang konnte ich gar nicht glauben, daß sich da ein Ausweg bot. Im nächsten Augenblick kroch ich wie irre durch das Loch und lag halb bewußtlos auf der anderen Seite. Dann kam das Knacken und Krachen der Lampe. Dann quietschte sie jämmerlich . . .

Ich kam zu mir und lag auf dem Steinboden eines schmalen Ganges, und eine Frau schüttelte mich mit einer Hand; in der anderen hielt sie eine Kerze. Es war die Dame, deren Warnung ich in den Wind geschlagen hatte.

›Kommen Sie!‹ sagte sie atemlos. ›Die sind gleich hier. Die sehen, daß Sie sind nicht da. Kommen Sie schon, schnell!‹ Na, diesmal folgte ich ihrem Rat. Ich raffte mich auf und lief mit ihr den Korridor entlang und eine Wendeltreppe hinunter. Dann kamen wir auf einen breiten Gang, und da hörten wir Schritte und Stimmen, eine aus unserm Stockwerk, die andere von unten. Meine Retterin sah sich um, wußte nicht weiter. Dann stieß sie eine Tür auf; es war ein Schlafzimmer; der Mond schien durchs Fenster.

›Ihre einzige Chance‹, sagte sie. ›Es ist hoch, aber vielleicht Sie können springen.‹

In diesem Augenblick tauchte am fernen Ende des Ganges ein Licht auf, und ich sah die hagere Gestalt von Colonel Stark herbeilaufen, in der einen Hand eine Laterne, in der anderen so etwas wie ein Hackmesser. Ich rannte durchs Schlafzimmer, riß das Fenster auf und blickte hinaus. Still und friedlich lag der Garten im Mondschein. Bis unten waren's vielleicht dreißig Fuß. Ich stieg aufs Fensterbrett, sprang aber noch nicht, weil ich hören wollte, was es zwischen meiner Retterin und meinem Verfolger geben würde. Griff er sie an, war ich entschlossen, ihr zu Hilfe zu kommen. Der Gedanke war mir kaum durch den Kopf gegangen, da zwängte er sich schon an ihr vorbei durch die Tür; aber sie warf ihre Arme um ihn und versuchte, ihn zurückzuhalten.

›Fritz! Fritz!‹ rief sie, ›denk an dein Versprechen, das letzte Mal. Du hast gesagt, es kommt nicht wieder vor. Er wird nichts sagen! Oh, er wird nichts sagen!‹

›Du bist wahnsinnig, Elise!‹ schrie er und versuchte, sich freizumachen. ›Du ruinierst uns noch. Er hat zuviel gesehn. Laß mich vorbei!‹ Er stieß sie zurück und kam zum Fenster gestürzt. Ich hatte mich draußen heruntergelassen und hing mit meinen Fingern am Fensterrahmen, als er zuschlug. Ich verspürte einen dumpfen Schmerz, mein Griff löste sich, und ich fiel in den Garten.

Der Sturz rüttelte mich durch, aber ich war nicht verletzt. Ich rappelte mich auf und lief ins Gebüsch, so schnell ich konnte, denn mir war klar, daß ich noch längst nicht außer Gefahr war. Im Laufen jedoch überfiel mich plötzlich ein tödlicher Schwindel. Ich schaute auf meine Hand, die stark pulste und schmerzt, und da sah ich überhaupt erst, daß er mir den Daumen abgeschlagen hatte und das Blut aus der Wunde strömte. Ich bemühte mich, das Taschentuch drumrumzuwickeln, aber da brauste es mir plötzlich in den Ohren, und im nächsten Augenblick fiel ich zwischen den Rosenbüschen in Ohnmacht.

Wie lange ich bewußtlos dalag, kann ich nicht sagen. Es muß ziemlich lange gewesen sein, denn der Mond war verschwunden, und der Morgen brach an, als ich wieder zu mir kam. Meine Kleider waren vom Tau durchtränkt, und mein Rockärmel war naß vom Blut meiner Daumenverletzung. Die Schmerzen brachten mir sogleich die Ereignisse der Nacht ins Bewußtsein zurück, und ich sprang auf die Füße: keinesfalls konnte ich vor meinen Verfolgern sicher sein. Aber wie erstaunte ich, als ich mich umschaute und kein Haus und keinen

Garten sah! Ich hatte in einer Ecke des Gartens gelegen, dicht bei der Landstraße, und jetzt befand sich etwas weiter unten ein langgestrecktes Gebäude – und als ich näher kam, sah ich, daß es der Bahnhof war. Hätte ich nicht die ekelhafte Verletzung an meiner Hand gehabt, wären mir die schrecklichen Ereignisse der vergangenen Nacht wie ein böser Traum vorgekommen.

Halb betäubt ging ich zum Schalter und erkundigte mich nach dem Morgenzug. In einer knappen Stunde fuhr einer nach Reading. Derselbe Schaffner wie gestern hatte Dienst. Ich fragte ihn, ob er jemals etwas von einem Colonel Lysander Stark gehört habe. Der Name war ihm fremd. Er hatte auch keine Kutsche auf mich warten sehen. War irgendwo in der Nähe eine Polizeistation? Ja, etwa drei Meilen entfernt.

Das war mir zu weit. Ich beschloß, in London die Polizei zu benachrichtigen. Es war kurz nach sechs, als ich ankam, und zuerst mußte ich mich verbinden lassen; der Doktor hier war so freundlich, mich herzubringen. Nun habe ich meinen Fall in Ihre Hände gelegt, Mr. Holmes, und ich werde tun, was Sie mir raten.«

Nach einem Augenblick des Schweigens holte Sherlock Holmes eins seiner schweren Alben mit Zeitungsausschnitten vom Regal.

»Hier ist eine Anzeige, die euch interessieren dürfte«, sagte er. »Sie erschien vor ungefähr einem Jahr in allen Zeitungen. Hört euch das an: ›Verschwunden am 9. d. M. Mr. Jeremiah Hayling, 26, Hydraulik-Ingenieur. Verließ um 10 Uhr abends seine Wohnung und wurde seither nicht mehr gesehen. War bekleidet mit ...‹ Und so weiter. Ha! Ich vermute, damals hat der Colonel seine Maschine zum letztenmal reparieren lassen.«

»Großer Gott!« sagte mein Patient. »Das erklärt, was die Frau gesagt hat.«

»Zweifellos. Der Colonel dürfte ein kalter und brutaler Mann sein, unbedingt entschlossen, alles aus dem Wege zu räumen, was ihm sein Spielchen verderben könnte – ähnlich diesen Piraten, die von einem aufgebrachten Schiff niemanden überleben lassen. Nun, jeder Augenblick ist kostbar – wenn ihr bereit seid, werden wir zu Scotland Yard gehn und dann nach Eyford fahren.«

Drei Stunden später saßen wir alle zusammen im Zug von Reading nach dem kleinen Berkshire-Dorf: Sherlock Holmes, der Hydraulik-Ingenieur, Inspektor Bradstreet von Scotland Yard, ein Beamter in Zivil und ich. Bradstreet hatte eine Generalstabskarte auf dem Sitz ausgebreitet und zog mit dem Zirkel einen Kreis um Eyford.

»Hier haben wir's«, sagte er. »Der Radius beträgt zehn Meilen. Was wir suchen, muß irgendwo an der Peripherie des Kreises liegen. Sie sagten doch zehn Meilen, Sir?«

»Es war eine Stunde flotte Fahrt.«

»Und Sie glauben, daß man Sie die ganze Strecke zurückgebracht hat, als Sie bewußtlos waren?«

»Muß wohl so sein. Außerdem ist mir dunkel so, als hätten sie mich hochgehoben und irgendwo hingeschafft.«

»Eins verstehe ich nicht«, sagte ich. »Weshalb hat man Ihnen nichts angetan, als Sie bewußtlos im Garten lagen? Ob der Schuft sich von den Bitten der Frau hat erweichen lassen?«

»Das halte ich kaum für möglich. Ich hab' noch nie im Leben ein so unerbittliches Gesicht gesehn.«

»Das werden wir alles bald geklärt haben«, sagte Bradstreet. »Also: ich habe meinen Kreis gezogen, und ich möcht' bloß wissen, an welchem Punkt die Leute zu finden sind, die wir suchen.«

»Ich glaube, ich könnte meinen Finger drauf legen«, sagte Holmes ruhig.

»Nun aber!« sagte der Inspektor heftig. »Sie haben sich also schon eine Meinung gebildet? Na, dann werden wir mal sehn, wer mit Ihnen übereinstimmt. – Ich sage Süden, weil's da am ruhigsten ist.«

»Und ich sage Osten«, äußerte mein Patient.

»Ich bin für Westen«, bemerkte der Kriminalbeamte. »Da gibt's mehrere stille kleine Dörfer.«

»Und ich bin für Norden«, sagte ich, »weil's da keine Hügel gibt, und unser Freund sagt, er hat nichts davon gemerkt, daß die Kutsche bergauf oder bergab gefahren ist.«

»Na«, meinte der Inspektor lachend, »unsere Meinungen gehen ja ganz hübsch auseinander. Die vier Himmelsrichtungen sind verteilt, Mr. Holmes; wem geben Sie Ihre Stimme?«

»Keinem. Ihr habt alle unrecht.«

»Aber wir können doch nicht *alle* unrecht haben!«

»O doch, ihr könnt. Dies ist meine Stelle.« Er legte seinen Finger auf den Mittelpunkt des Kreises. »Hier werden wir das Haus finden.«

»Aber wo bleibt die Zwölf-Meilen-Fahrt?« fragte Hatherley.

»Sechs 'raus und sechs zurück. Nichts einfacher als das. Sie haben doch selber gesagt, daß der Gaul frisch und blitzblank war, als Sie einstiegen. Wie kann das sein, wenn er zwölf Meilen schlechte Straßen hinter sich hatte?«

»Doch, der Trick leuchtet mir ein«, sagte Bradstreet nachdenklich. »Was die Bande macht, ist natürlich sonnenklar.«

»Es sind Falschmünzer großen Stils«, sagte Holmes. »Sie verwenden die Maschine, um das Amalgam zu bereiten, das sie anstelle von Silber nehmen.«

»Wir wissen schon seit einiger Zeit, daß da eine gerissene Bande am Werk ist«, sagte der Inspektor. »Sie haben Tausende von Half-Crowns in Umlauf gebracht. Bis Reading konnten wir die Spuren sogar schon zurückverfolgen, aber weiter sind wir nicht gekommen. Durch diesen Zufall werden wir sie jetzt erwischen.«

Der Inspektor sollte sich irren. Als wir in den Bahnhof von Eyford einfuhren, sahen wir eine Rauchsäule, die hinter einem kleinen Gehölz aufstieg und wie eine gigantische Straußenfeder über der Landschaft hing.

»Brennt da ein Haus?« fragte Bradstreet einen Beamten, während der Zug weiterfuhr.

»Jawohl, Sir«, sagte der Stationsvorsteher.

»Wann ist denn der Brand ausgebrochen?«

»In der Nacht, Sir, aber es ist schlimmer geworden, und jetzt steht das ganze Gebäude in Flammen.«

»Wem gehört's überhaupt?«

»Einem Dr. Becher.«

Der Ingenieur mischte sich ein. »Sagen Sie, ist Dr. Becher Deutscher, sehr dürr, mit einer langen spitzen Nase?«

Der Stationsvorsteher lachte. »Nein, Sir. Dr. Becher ist Engländer, und im ganzen Kirchspiel sitzt keinem die Weste so stramm wie ihm. Aber er hat einen Gentleman bei sich wohnen, als Patienten, wie man sagt, und der ist Ausländer.

Und aussehn tut er, als könnt' ihm eine ordentliche Portion Berkshire-Beef nicht schaden.«

Der Stationsvorsteher hatte seinen Vortrag noch nicht beendet, als wir auch schon auf das Feuer zueilten. Die Straße führte über eine leichte Anhöhe – da sahen wir ein großes, breites Gebäude, das in hellen Flammen stand, während drei Feuerspritzen im Garten vergebens versuchten, das Feuer unter Kontrolle zu bekommen.

»Das ist es!« rief Hatherley erregt. »Da ist die Kies-Auffahrt, und da sind die Rosenbüsche, wo ich gelegen habe. Von dem zweiten Fenster dort bin ich abgesprungen.«

»Nun«, sagte Holmes, »zumindest haben Sie Ihre Rache. Fraglos hat Ihre Öllampe die Holzwände in Brand gesetzt, als sie von der Presse zerquetscht wurde. Aber die Herren waren wohl zu sehr mit der Jagd auf Sie beschäftigt, um es rechtzeitig zu bemerken. Halten Sie jetzt die Augen offen, ob Sie Ihre Freunde der letzten Nacht in der Menge entdecken, obwohl ich befürchte, daß sie mittlerweile schon gut hundert Meilen weit weg sind.«

Und Holmes' Befürchtung traf zu, denn von diesem Tage an hat man nie wieder etwas von ihnen gehört, weder von der schönen Frau noch von dem finsteren Deutschen, noch von dem mürrischen Engländer. Am frühen Morgen war ein Bauer einem Wagen mit mehreren Personen und etlichen schweren Kisten begegnet, der eilends in Richtung Reading fuhr. Hier jedoch verloren sich alle Spuren, und nicht einmal Holmes gelang es, den Aufenthaltsort der Flüchtigen ausfindig zu machen.

Gegen Sonnenuntergang wurde der Brand gelöscht, doch war das Dach schon eingestürzt und das ganze Haus eine Ruine, so daß außer einigen Zylindern und Eisenrohren keine Spur mehr von der Maschine zu sehen war, an die unser unglücklicher Bekannter Zeit seines Lebens denken dürfte. In einem Beigebäude wurden große Mengen Nickel und Zinn gefunden, jedoch keine Münzen: was eine Erklärung für die erwähnten schweren Kisten auf dem Wagen sein könnte.

Wie unser Hydraulik-Ingenieur vom Garten zu der Stelle befördert wurde, wo er wieder zu sich kam, wäre für immer ein Geheimnis geblieben, hätte uns die weiche Gartenerde nicht allerlei erzählt. Er war offensichtlich von zwei Personen hergetragen worden; die eine hatte auffallend kleine Füße, die andere ungewöhnlich große. Wahrscheinlich war der schweigsame Engländer weniger dreist oder mordgierig als sein Komplice und hatte der Frau geholfen, den Bewußtlosen aus der Gefahrenzone zu schaffen.

»Na«, sagte unser Ingenieur kläglich, als wir den Zug nach London bestiegen, »da hab' ich aber ein gutes Geschäft gemacht! Von der Wunde ganz abgesehen – die fünfzig Guineas sind beim Teufel – und was habe ich dafür gewonnen?«

»Erfahrung«, sagte Holmes.

Der Club der Rothaarigen

An einem Herbsttag des vergangenen Jahres wollte ich meinen Freund Sherlock Holmes besuchen, fand ihn jedoch in angeregter Unterhaltung mit einem massigen älteren Herrn von blühender Gesichtsfarbe und mit feuerrotem Haarschopf. Ich entschuldigte mich für die Störung und ging auf die Treppe zu, da zog Holmes mich ins Zimmer und schloß hinter mir die Tür.

»Du hättest zu keinem besseren Zeitpunkt kommen können, mein lieber Watson«, sagte er herzlich.

»Ich dachte, du bist beschäftigt.«

»Das bin ich auch. Und zwar sehr.«

»Dann kann ich ja im Nebenzimmer warten.«

»Aber nein.« Er wandte sich an seinen Gast: »Mr. Wilson, dieser Herr hier war in vielen meiner erfolgreichsten Fälle mein Mitarbeiter und Helfer, und ich hege nicht den geringsten Zweifel, daß er mir auch in dem Ihren von größtem Nutzen sein wird.«

Der gewichtige Herr erhob sich halb aus seinem Sessel und nickte kurz zur Begrüßung; dabei kam aus seinen kleinen, fettgepolsterten Äuglein ein schneller, fragender Blick.

»Wie wär's mit dem Kanapee?« sagte Holmes, ließ sich wieder in seinen Sessel fallen und legte die Fingerspitzen aneinander, wie es in nachdenklicher Stimmung seine Angewohnheit war. »Ich weiß ja, mein guter Watson, daß du meine Vorliebe für alles Bizarre und Unkonventionelle teilst. Sonst wärst du kaum mein Chronist geworden, der so manches meiner kleinen Abenteuer ein wenig ausschmückt und verschönt.«

»Ich finde deine Fälle immer höchst interessant«, sagte ich.

»Nun, vielleicht erinnerst du dich daran, was ich neulich konstatierte: daß das Leben viel bunter ist und seltsamere Eindrücke und außergewöhnlichere Kombinationen bietet als die blühendstc Phantasie.«

»Eine Hypothese, die ich anzuzweifeln wagte.«

»Gewiß, Doktor. Du wirst dich aber trotzdem zu meiner Ansicht bekennen müssen, weil ich dich sonst mit Tatsachen überhäufe, bis du kapitulierst. — Nun, Mr. Jabez Wilson hier war so freundlich, mich heute morgen aufzusuchen und mit einem Bericht zu beginnen, der merkwürdiger zu werden verspricht als alles, was ich in letzter Zeit gehört habe. Du kennst meine Feststellung, daß die seltsamsten Dinge häufig in den kleineren Verbrechen auftauchen, nicht in den kapitalen, und gelegentlich sogar in Fällen, die möglicherweise gar kein richtiges Verbrechen darstellen. Nach allem, was ich bisher gehört habe, vermag ich nicht zu entscheiden, ob es sich im vorliegenden Fall um ein Verbrechen handelt oder nicht, doch ist der Ablauf der Ereignisse auf jeden Fall höchst sonderbar. Vielleicht haben Sie die Güte, Mr. Wilson, mit Ihrer Erzählung noch einmal von vorne zu beginnen? Ich bitte nicht nur deshalb darum, weil mein Freund Dr. Watson den Anfang nicht gehört hat, sondern auch, weil die Geschichte mich sehr gespannt auf jede nur mögliche Einzelheit aus Ihrem Munde macht. Normalerweise bin ich, sobald mir der Ablauf der Ereignisse angedeutet wurde, selber in der Lage, mich an Hand von tausend ähnlichen Fällen weiterzutasten. Im vorliegenden Fall aber scheinen mir die Fakten tatsächlich einmalig zu sein.«

Der korpulente Klient blähte mit einigem Stolz seine Brust und zog eine schmutzige und zerknitterte Tageszeitung aus der Innentasche seines Überziehers. Solange er mit vorgebeugtem Kopf die Anzeigen-Rubrik der auf seinen Knien ausgebreiteten Zeitung überflog, sah ich mir den Mann gut an und bemühte mich nach Art meines Freundes, seine Persönlichkeit aus den Anzeichen seiner Kleidung und seinem Gebaren zu deuten.

Meine Ausbeute war jedoch gering. Unser Besucher zeigte alle Merkmale eines durchschnittlichen und alltäglichen britischen Geschäftsmannes. Er war fettleibig, hochtrabend und gemächlich. Er trug eine ziemlich beutelige, graukarierte Hose, einen nicht übermäßig reinen schwarzen Gehrock, vorne zugeknöpft, und eine gelblich-graue Weste mit einer schweren messingnen Albert-Kette, an der zum Schmuck ein viereckiges durchbohrtes Metallstück hing. Ein abgenutzter Zylinder und ein verblichener brauner Überzieher lagen neben ihm auf einem Stuhl. Insgesamt fand ich an dem Mann nichts sonderlich Bemerkenswertes, wenn man seinen roten Haarschopf ausnahm und den Ausdruck heftigen Ärgers und großer Unzufriedenheit.

Sherlock Holmes durchschaute mit flinkem Blick mein Bemühen, und lächelnd schüttelte er den Kopf, als er meine fragenden Augen sah. »Außer den offensichtlichen Tatsachen, daß er zuzeiten mit den Händen gearbeitet hat, daß er schnupft, Freimaurer ist, in China war und in letzter Zeit sehr viel geschrieben hat, kann ich nichts folgern.«

Mr. Jabez Wilson schreckte aus seinem Sessel auf; sein Zeigefinger lag auf der Zeitung, seine Augen jedoch waren auf meinen Gefährten gerichtet.

»Um alles in der Welt: woher wissen Sie das, Mr. Holmes?« fragte er. »Woher wissen Sie, zum Beispiel, daß ich mit den Händen gearbeitet habe? Es stimmt nämlich – ich hab' als Schiffszimmermann angefangen.«

»Ihre Hände verraten es, werter Herr. Ihre rechte Hand ist beträchtlich kräftiger als Ihre linke. Durch die schwere Arbeit haben sich die Muskeln besser entwickelt.«

»Gut. Und das Schnupfen und die Freimaurerei?«

»Ich möchte Sie nicht beleidigen, wenn ich Ihnen sage, wie ich dahintergekommen bin – zumal Sie entgegen den ziemlich strengen Regeln Ihres Ordens eine Nadel mit Bogen und Zirkel tragen.«

»Ah ja, natürlich. Das hab' ich vergessen. Aber das Schreiben?«

»Was sonst könnte bewirkt haben, daß Ihre rechte Manschette fünf Zoll hoch derart glänzt und der linke Ärmel nahe dem Ellbogen eine glatte Stelle aufweist, wo Sie Ihren Arm auf den Tisch stützen?«

»Na gut. Aber China?«

»Der Fisch unmittelbar über Ihrem rechten Handgelenk kann nur in China tätowiert worden sein. Ich habe mich ein wenig mit Tätowierungen beschäftigt und sogar zur Literatur über diesen Gegenstand etwas beigetragen. Die Eigenart, die Schuppen des Fischs zartrosa zu färben, spricht eindeutig für China. Sehe ich darüber hinaus eine chinesische Münze an Ihrer Uhrkette hängen, liegt die Lösung nahe.«

Mr. Jabez Wilson lachte behäbig. »Nein, so was!« sagte

er. »Zuerst hab' ich ja gedacht, Sie hätten wunder was vollbracht, aber jetzt sehe ich, daß im Grund gar nichts dabei ist.«

»Watson«, sagte Holmes, »ich glaube nachgerade, das Erklären ist ein Fehler. ›*Omne ignotum pro magnifico*‹, weißt du, und meine ohnehin nicht übermäßig große Reputation geht vollends in die Binsen, wenn ich weiterhin so offenherzig bin. – Können Sie die Annonce nicht finden, Mr. Wilson?«

»Doch, doch, ich habe sie«, sagte er, und sein dicker roter Finger lag mitten auf der Rubrik. »Hier. Damit hat alles angefangen. Lesen Sie's selber, Sir.«

Ich nahm die Zeitung entgegen und las vor:

›AN DEN CLUB DER ROTHAARIGEN. Auf Grund des Vermächtnisses des verstorbenen Ezekiah Hopkins aus Lebanon, Penn., USA, ist eine Freistelle offen geworden, die einem Mitglied der Liga ein Salär von 4 Pfund die Woche für rein nominelle Dienste bietet. Alle rothaarigen Männer, die gesund an Körper und Geist und über 21 Jahre alt sind, kommen in Betracht. Persönliche Bewerbung Montag, 11 Uhr, bei Duncan Ross im Büro des Clubs, Pope's Court 7, Fleet Street‹. –

»Hm. Reichlich sonderbar«, sagte ich kopfschüttelnd.

Holmes kicherte und wand sich in seinem Sessel, wie so oft, wenn er sich in bester Laune befand. »Ein bißchen abseits der ausgetretenen Pfade, wie?« sagte er. »Und nun, Mr. Wilson, legen Sie los, und erzählen Sie uns alles von sich, von Ihrem Haushalt und der Wirkung, die diese Anzeige auf Ihr Leben hatte. Doktor, du notierst dir zuerst Zeitung und Datum.«

»Es ist *The Morning Chronicle* vom 27. April 1890. Also genau zwei Monate alt.«

»Sehr schön. Nun, Mr. Wilson?«

»Na ja, es ist so, wie ich Ihnen erzählt hab', Mr. Holmes«, sagte Jabez Wilson und wischte sich über die Stirn. »Ich habe eine kleine Pfandleihe am Coburg Square, nahe der City. Es ist kein großes Geschäft, und in den letzten Jahren hatte ich gerade eben mein Auskommen. Früher konnte ich mir zwei Angestellte leisten, aber jetzt hab' ich nur einen, und den könnt' ich kaum bezahlen, wenn er nicht zum halben Gehalt käme, weil er das Gewerbe erlernen will.«

»Wie heißt dieser gefällige Jüngling?« fragte Sherlock Holmes.

»Vincent Spaulding. Übrigens nicht gerade ein Jüngling. Sein Alter ist schwer zu schätzen. Ich könnte mir keinen geschickteren Lehrling wünschen, Mr. Holmes, und ich weiß genau, daß er sich verbessern und das Doppelte von dem verdienen könnte, was ich ihm zu bieten habe. Aber wozu soll ich ihm Flöhe ins Ohr setzen, wenn er damit zufrieden ist?«

»Allerdings. Sie scheinen da einen sehr glücklichen Griff getan zu haben, als Sie einen Lehrling weit unter Marktwert einstellten. Das ist heutzutage bei Arbeitgebern kein kleines Ereignis. Fast möchte ich annehmen, daß Ihr Lehrling so bemerkenswert ist wie die Annonce.«

»Oh, er hat auch seine Fehler«, sagte Mr. Wilson. »Sie glauben nicht, wie er aufs Fotografieren versessen ist! Dauernd knipst er mit seinem Apparat drauflos, wenn er sich eigentlich im Geschäft fortbilden sollte, und dann rennt er in den Keller, wie ein Kaninchen in seinen Bau flitzt, um die Bilder zu entwickeln. Eine lästige Sache: sehr störend. Aber sonst ist er ein guter Arbeiter. Laster hat er keine.«

»Er ist wohl noch bei Ihnen?«

»Aber sicher. Er und ein vierzehnjähriges Mädchen, das ein bißchen kocht und den Laden sauber hält. Das ist alles. Ich bin Witwer und habe keine Kinder. Wir leben sehr zurückgezogen, Sir, wir drei. Wir sorgen für ein Dach überm Kopf und bezahlen unsere Schulden, und damit hat sich's so ziemlich. Und plötzlich diese Annonce da. Spaulding, der kommt vor genau acht Wochen mit dieser Zeitung ins Geschäft 'runter und sagt:

›Ich wünsch' bloß, ich wär' rothaarig, Mr. Wilson!‹

›Wieso das?‹ frage ich.

›Na was‹, sagt er, ›hier haben sie wieder eine Freistelle im Club der Rothaarigen. Für den, wo da 'reinkommt, bedeutet's ein kleines Vermögen, und ich hab' mir sagen lassen, es gibt mehr freie Stellen als Bewerber, so daß die Treuhänder gar nicht wissen, was sie mit dem Geld anfangen sollen. Wenn sich doch bloß meine Haare verfärben wollten! So'n hübsch gemachtes Bett, und man braucht bloß 'reinzusteigen.‹

›Worum geht's denn überhaupt?‹ frage ich. – Sehen Sie, Mr. Holmes, ich bin ein sehr häuslicher Mensch, und weil mein Geschäft zu mir ins Haus kam, statt daß ich ihm nachlaufen mußte, hab' ich oft wochenlang meinen Fuß nicht über die Schwelle gesetzt. Da hatte ich dann keine große Ahnung von dem, was sich draußen in der Welt zuträgt, und ich freute mich immer über'n paar Neuigkeiten!

›Haben Sie denn noch nie was vom Club der Rothaarigen gehört?‹ fragt er mit aufgerissenen Augen.

›Nein, nie.‹

›Aber so was. Wo Sie doch selber für eine Freistelle in Frage kommen!‹

›Und was wirft die ab?‹

›Och, bloß'n paar Hunderter im Jahr, aber die Arbeit fällt nicht ins Gewicht: seinen Job braucht man deswegen längst nicht an den Nagel zu hängen.‹

Na, Sie glauben wohl, daß ich da meine Ohren gespitzt habe, denn seit einigen Jahren florierte das Geschäft nicht allzu gut, und ein paar Hunderter extra waren mir schon recht.

›Erzähl mal der Reihe nach‹, sage ich zu ihm.

›Hier‹, sagt er und zeigt mir die Annonce. ›Sie können ja selber sehn, daß der Club eine Freistelle hat. Und da ist die Adresse, wo Sie sich Auskunft holen können. Soviel ich weiß, ist der Verein von einem amerikanischen Millionär gegründet worden, einem Ezekiah Hopkins, der auf seine Art reichlich komisch war. Selber rothaarig, wissen Sie, Sir, und große Sympathie für alle rothaarigen Männer gehabt. Als er starb, entdeckte man, daß er sein ungeheures Vermögen bei Treuhändern festgelegt hatte und daß die Zinsen allen Männern mit seiner komischen Haarfarbe zugute kommen sollten. Nach allem, was ich da so höre, ist's eine großartige Bezahlung, und eigentlich gar nichts dafür zu tun.‹

›Aber‹, sage ich, ›da bewerben sich doch bestimmt Millionen Männer drum.‹

›Gar nicht‹, antwortete er. ›Es bezieht sich bloß auf London, und bloß auf Erwachsene. Dieser Amerikaner ist nämlich von London aus losgezogen, als er jung war, und da wollte er seiner Heimatstadt was Gutes antun. Und dann hab' ich noch gehört, daß man sich nicht erst zu bewerben braucht, wenn man bloß blaßrote Haare hat oder dunkelrote – es müssen richtig helle, leuchtende, feurig rote Haare sein. Na, wenn Sie Lust hätten, Mr. Wilson, brauchten Sie bloß hinzugehen. Aber wegen ein paar hundert Pfund lohnt sich's für Sie vielleicht gar nicht.‹

Nun sehen Sie ja selber, Gentlemen, daß meine Haare einen sehr kräftigen und vollen Farbton haben. Also dachte ich mir, ich hätte in dem Wettbewerb zumindest eine ganz anständige Chance. Vincent Spaulding schien eine Menge von der Sache zu wissen, und vielleicht konnte er sich als brauchbar erweisen; da hab' ich ihm gesagt, er soll für den Tag dichtmachen und gleich mitkommen. Er hatte nichts gegen einen freien Tag einzuwenden, also haben wir das Geschäft geschlossen und sind zu der Adresse hingegangen, die in der Annonce angegeben war.

So was kriegen Sie nicht noch mal zu sehen, Mr. Holmes. Aus Nord und Süd und Ost und West war jeder, der auch nur eine Spur von Rot in den Haaren hatte, in die City getrampt gekommen. Die Fleet Street erstickte geradezu an Rothaarigen, und Pope's Court sah aus wie die Orangen-Karre eines Straßenhändlers. Ich hätt' nie gedacht, daß es im ganzen Land so viele gibt, wie sie diese eine Annonce zusammengebracht hat. Jeder Farbton war vertreten: Stroh, Zitrone, Orange, Ziegel, Leber, Lehm, Irish-Setter – aber, wie Spaulding sagte, es waren nicht viele, die den richtigen echten flammenfarbenen Ton hatten. Als ich sah, wie viele da warteten, wollte ich schon verzweifelt aufgeben, aber Spaulding war dagegen. Wie er's fertigbrachte, weiß ich nicht, aber er hat gezogen und geschoben und gedrängt, bis er mich durch die Menge hatte und direkt an den Stufen, die zum Büro führten. Auf der Treppe waren zwei Ströme: welche gingen hoffnungsvoll nach oben, und welche kamen abgewiesen 'runter. Wir zwängten uns durch, so gut's ging, und waren dann auch bald im Büro drin.«

»Ein amüsantes Erlebnis«, bemerkte Holmes, als sein Klient eine Pause einlegte und sich mit einer Prise Schnupftabak erfrischte. »Bitte, fahren Sie doch fort!«

»Im Büro standen bloß ein paar Stühle 'rum, und hinter einem Brettertisch saß ein kleiner Mann, dessen Schopf noch röter war als meiner. Zu jedem Kandidaten, der 'reinkam, sagte er einige Worte, und dann fand er bei jedem irgendwas auszusetzen. Es war also wohl doch nicht so einfach, eine Freistelle zu bekommen. Als wir an die Reihe kamen, wurde der kleine Mann aber viel freundlicher, und er machte die Tür zu, um sich ungestört mit uns unterhalten zu können.

›Dies ist Mr. Jabez Wilson‹, sagte mein Lehrling. ›Er bewirbt sich um eine Freistelle im Club.‹

›Vortrefflich geeignet‹, antwortete der Kleine. ›Erfüllt jede Voraussetzung. Kann mich nicht erinnern, jemals etwas so Hübsches gesehen zu haben.‹ Er trat einen Schritt zurück, legte den Kopf schief und starrte meine Haare an, daß ich ganz verlegen wurde. Plötzlich sprang er vor, schüttelte mir die Hand und gratulierte mir herzlich zu meinem Erfolg.

›Wäre eine Ungerechtigkeit, länger zu zögern‹, sagte er. ›Sie werden mir aber sicher verzeihen, daß ich eine einleuchtende Vorsichtsmaßnahme ergreife.‹ Und damit packte er meine Haare mit beiden Händen und riß daran, bis ich vor Schmerzen aufschrie. ›Sie haben feuchte Augen‹, sagte er und ließ los. ›Ich merke schon: ist alles ordnungsgemäß. Aber wir müssen uns vorsehen. Sind zweimal mit Perücken und einmal mit einem raffinierten Farbstoff getäuscht worden. Könnte Ihnen Dinge von Schusterpech erzählen, daß es Ihnen vor der menschlichen Natur graut.‹ Er ging ans Fenster und schrie, die Freistelle sei besetzt. Von unten drang ein Stöhnen der Enttäuschung 'rauf, und die Menge zerstreute sich nach allen Seiten, bis kein Rotschopf mehr zu sehen war — nur noch meiner und der des kleinen Mannes.

›Mein Name ist Duncan Ross‹, sagte er, ›und ich bin selber einer der Pensionäre auf Kosten unseres verewigten Wohltäters. Sie sind verheiratet, Mr. Wilson? Haben Sie Familie?‹

Ich verneinte.

Gleich machte er ein langes Gesicht.

›O weh‹, sagte er ernst, ›das ist allerdings übel. Sehr bedauerlich. Der Fonds ist nämlich für die Propagierung und Verbreitung der Rothaarigen gedacht, neben deren Erhaltung. Außerordentlich schade, daß Sie Junggeselle sind.‹

Da hab' dann ich ein langes Gesicht gemacht, Mr. Holmes. Jetzt kriege ich die Freistelle also doch nicht. Er überlegte eine Weile. Schließlich sagte er, es ginge.

›Bei einem anderen‹, sagte er, ›könnte sich das fatal

auswirken. Aber bei einem Mann mit solchen Haaren müssen wir Nachsicht üben. Wann würden Sie in der Lage sein, Ihre neuen Pflichten zu übernehmen?‹

›Ja, das ist ein bißchen heikel, wissen Sie. Ich hab' nämlich ein Geschäft‹, sagte ich.

›Das schadet doch nichts, Mr. Wilson!‹ sagte Vincent Spaulding. ›Das führ' ich schon für Sie weiter.‹

›Um welche Stunden handelt sich's denn?‹ fragte ich.

›Von zehn bis zwei.‹

Nun spielt sich das Geschäft eines Pfandleihers hauptsächlich abends ab, Mr. Holmes, wissen Sie – besonders donnerstags und freitags, kurz vor dem Lohntag. Wenn ich also vormittag ein bißchen was dazu verdienen konnte, kam mir das sehr zupaß. Außerdem wußte ich ja, daß mein Gehilfe ein ordentlicher Mensch war und sich schon um alles kümmern würde, was so anfiel.

›Das wär' mir recht‹, sagte ich. ›Und die Bezahlung?‹

›Beträgt vier Pfund die Woche.‹

›Und die Arbeit?‹

›Ist rein nominell.‹

›Ja, was nennen Sie rein nominell?‹

›Nun, Sie müssen im Büro sein, oder zumindest im Hause, und zwar während der ganzen Zeit. Verlassen Sie das Gebäude, verlieren Sie Ihren Posten. Für immer. In diesem Punkt ist das Testament ganz eindeutig. Sie entsprechen den Bedingungen nicht, wenn Sie sich in diesem Zeitraum aus dem Büro entfernen.‹

›Na gut. Sind ja nur vier Stunden pro Tag.‹

›Und keine Entschuldigung gilt‹, sagte Mr. Ross, ›weder Krankheit noch Geschäft noch irgend etwas anderes. Sie müssen dableiben – oder Sie verlieren Ihre Stellung.‹

›Und meine Arbeit?‹

›Besteht darin, daß Sie aus der *Encyclopaedia Britannica* alles das herausschreiben, was mit der Farbe Rot zusammenhängt. Der erste Band steht im Schrank dort. Tinte, Federn und Schreibpapier müssen Sie selber beibringen. Wir stellen diesen Tisch und einen Stuhl. Können Sie morgen anfangen?‹

›Gewiß‹, antwortete ich.

›Dann auf Wiedersehn, Mr. Jabez Wilson. Und lassen Sie mich Ihnen noch einmal zu der bedeutenden Stellung gratulieren, die zu bekommen Sie das außergewöhnliche Glück haben.‹ Er brachte mich unter Verbeugungen zur Tür, und ich bin mit meinem Gehilfen nach Hause gegangen. Ich wußt' kaum, was ich tun oder sagen sollte – so überwältigt war ich von meinem Glück.

Na ja, ich hab' mir dann die Sache den ganzen Tag überlegt, und abends war ich ziemlich bedrückt. Mir war mittlerweile klargeworden, daß die Geschichte irgendwo einen Haken haben mußte, wenn ich auch nicht wußte, wo und wie. Es kam mir einfach unglaubwürdig vor, daß jemand so ein Testament aufsetzen sollte, oder daß man einen solchen Betrag für eine so einfache Arbeit wie das Abschreiben aus der *Encyclopaedia Britannica* bezahlte. Vincent Spaulding tat, was er konnte, um mich aufzuheitern, aber als es Bettzeit war, hatte ich mir das Ganze endgültig aus dem Kopf geschlagen. Am Morgen beschloß ich, mir's trotzdem mal anzusehn; also kaufte ich eine Flasche Tinte und machte mich mit einem Federkiel und sieben Bogen Kanzleipapier auf den Weg zum Pope's Court.

Nun, zu meinem Erstaunen und Entzücken war alles, wie's nicht besser sein konnte. Der Tisch stand bereit, und Mr. Ross zeigte mir meine Arbeit und ging dann weg. Ab und zu guckte er 'rein, ob alles in Ordnung war. Um zwei Uhr verabschiedete er mich, beglückwünschte mich zu der Menge, die ich geschafft hatte, und schloß hinter mir ab.

Das ging so Tag für Tag, Mr. Holmes, und am Sonnabend kam er und legte mir für meine Wochenarbeit vier blanke Gold-Sovereigns auf den Tisch. Die nächste Woche war's genauso, und die übernächste auch. Jeden Morgen habe ich um zehn Uhr angefangen, und jeden Nachmittag bin ich um zwei Uhr heimgegangen. Nach und nach kam Mr. Duncan Ross bloß morgens noch mal 'rein, und nach einer Weile kam er dann überhaupt nicht mehr. Ich hab' natürlich trotzdem nie gewagt, eine Sekunde aus dem Hause zu gehn, denn ich konnt' ja nicht wissen, ob er nicht doch mal kontrollieren kam. Und die Stellung war so gut und kam mir so zupaß, daß ich sie nicht aufs Spiel setzen wollte.

So vergingen acht Wochen, und ich hatte ordentlich viel 'rausgeschrieben: alles über Blut und Rost und Henna und Tomaten und Mohn und rote Rosen, und ich hoffte, das würde noch eine ganze Weile so geruhsam weitergehn. Es kostete mich allerhand Kanzleipapier, und ich hatte mit meiner Schreiberei schon fast ein ganzes Regal voll, aber es machte Spaß. Da war's plötzlich zu Ende.«

»Ach?«

»Ja, Sir. Und genau heute morgen. Wie üblich bin ich um zehn Uhr zur Arbeit gegangen, aber da war die Tür zu und abgeschlossen, und mitten auf die Füllung hatte man ein kleines Pappschild genagelt. Ich hab's mitgebracht. Hier.«

Er hielt ein Stück weißen Karton hoch, ungefähr in der Größe einer Postkarte. Darauf stand:

DER CLUB DER ROTHAARIGEN IST AUFGELÖST
9. Okt. 1890

Sherlock Holmes und ich betrachteten diese knappe Ankündigung und das klägliche Gesicht dahinter, bis die komische Seite der Geschichte jeden anderen Gedanken über den Haufen warf, so daß wir beide in ein donnerndes Gelächter ausbrachen.

»Ich finde das ganz und gar nicht zum Lachen!« rief unser Klient, bis an die Wurzeln seines Feuerschopfes errötend. »Wenn Ihnen nichts Besseres einfällt, als mich auszulachen, dann geh' ich lieber woanders hin.«

»Aber nicht doch«, sagte Holmes und schob ihn in den Sessel zurück, aus dem er sich halb erhoben hatte. »Um nichts in der Welt würde ich mir Ihren Fall entgehen lassen. Er ist erfrischend ungewöhnlich. Aber er hat, wenn ich das sagen darf, eine Spur Komik an sich. Bitte, welche Schritte haben Sie unternommen, als Sie das Schild an der Tür fanden?«

»Ich war perplex, Sir. Ich wußte nicht, was ich tun sollte. Dann hab' ich mich in den umliegenden Büros erkundigt, aber niemand schien was davon zu wissen. Schließlich bin ich zum Hauswirt gegangen; der ist Buchhalter und wohnt im Erdgeschoß, und ich hab' ihn gefragt, ob er mir sagen könnte, was aus dem Rothaarigen-Club geworden ist. Er sagte, von einer solchen Firma hätte er noch nie was gehört. Dann hab' ich ihn gefragt, wer dieser Mr. Duncan Ross wäre. Er antwortete, der Name sei ihm neu.

›Na‹, sage ich, ›der Herr von Nummer vier.‹

›Wer? Der Rothaarige?‹

›Ja, der.‹

›Oh‹, sagt er. ›Das war William Morris. Der ist Anwalt und hat diesen Raum als Ausweichquartier benutzt, bis sein Haus fertig war. Er ist gestern ausgezogen.‹

›Ach. Und wo kann ich ihn jetzt finden?‹

›In seinem neuen Büro. Er hat mir die Adresse gegeben. Ja, King Edward Street 17, dicht bei St. Paul's.‹

Ich bin losgegangen, Mr. Holmes, aber wie ich zu der Adresse kam, da war's eine Manufaktur von künstlichen Kniescheiben, und niemand hatte je etwas von Mr. William Morris oder Mr. Duncan Ross gehört.«

»Und was haben Sie dann gemacht?« fragte Holmes.

»Ich bin zum Saxe Square heimgegangen und hab' mir bei meinem Gehilfen Rat geholt. Aber der konnte mir auch nicht helfen. Er hat nur gesagt, ich sollte warten: ich würd' schon Nachricht durch die Post bekommen. Aber das genügte mir nicht, Mr. Holmes. Solch eine Stelle möcht' ich nicht kampflos verlieren. Und weil ich gehört hatte, daß Sie armen Leuten im Notfall Rat geben, bin ich gleich zu Ihnen gekommen.«

»Das war klug«, sagte Holmes. »Ihr Fall ist sehr interessant, und ich will mich gerne seiner annehmen. Nach dem, was Sie mir erzählt haben, halte ich es für möglich, daß ernstere Dinge daran hängen, als es bei erstem Zusehen erscheinen mag.«

»Ernst genug!« sagte Mr. Jabez Wilson. »Immerhin hab' ich vier Pfund die Woche verloren.«

»Soweit es Sie persönlich betrifft«, bemerkte Holmes, »sehe ich keinen Grund, weshalb Sie etwas gegen den ungewöhnlichen Club haben sollten – im Gegenteil! Sie sind, wie ich feststelle, um etliche dreißig Pfund reicher geworden; ganz zu schweigen von Ihren neu erworbenen Kenntnissen in Sachen ›Rot‹. Ein Verlust ist Ihnen doch gar nicht entstanden! Bis auf den Lohn dieser Woche.«

»Nein, Sir. Eigentlich nicht. Aber ich möchte dahinterkommen, wer diese Leute sind und weshalb sie mir einen solchen Streich gespielt haben – wenn's einer war. Jedenfalls ist's ein ziemlich kostspieliger Spaß für sie gewesen, denn er hat sie zweiunddreißig Pfund gekostet.«

»Wir werden uns bemühen, diese Geschichte für Sie aufzuklären. Zuerst zwei oder drei Fragen, Mr. Wilson. Ihr Gehilfe, der Sie zuerst auf die Annonce hingewiesen hat – wie lange war der bei Ihnen?«

»Einen Monat ungefähr, damals.«

»Und wie ist er zu Ihnen gekommen?«

»Durch eine Annonce.«

»War er der einzige Bewerber?«

»Nein, es kam ein ganzes Dutzend.«

»Und warum haben Sie gerade ihn genommen?«

»Weil er anstellig war – und weil ich ihn billig kriegen konnte.«

»Zum halben Lohn, genau gesagt.«

»Ja.«

»Wie sieht er aus, dieser Vincent Spaulding?«

»Klein, gedrungen, fix, keine Haare im Gesicht, obwohl er bald dreißig ist. Er hat einen weißen Spritzer auf der Stirn, wie von einer Säure oder etwas Ähnlichem.«

Erregt richtete sich Holmes in seinem Sessel auf.

»Dachte ich's mir doch«, sagte er. »Haben Sie bemerkt, ob seine Ohren durchbohrt sind – für Ohrringe?«

»Doch, ja, Sir. Er hat mir erzählt, eine Zigeunerin hätt's für ihn gemacht, als er ein Junge war.«

»Hm.« Holmes dachte eine Weile nach. Dann fragte er: »Ist er noch bei Ihnen?«

»O ja, Sir. Ich hab' ihn eben noch gesehn.«

»Hat er sich während Ihrer Abwesenheit wirklich ums Geschäft gekümmert?«

»Ich kann nicht klagen, Sir. Vormittags ist ohnehin nie viel zu tun.«

»Das reicht, Mr. Wilson. Im Verlauf von zwei oder drei Tagen werde ich Ihnen gern meine Meinung über diese Affäre mitteilen. Heute ist Sonnabend, und ich hoffe, daß wir bis Montag zu einem Schluß gekommen sind.«

»Nun, Watson«, sagte Holmes, als der Besucher uns verlassen hatte. »Was sagt dir das Ganze?«

»Es sagt mir nicht das geringste«, gab ich ehrlich zur Antwort. »Ich finde die Geschichte vertrackt und albern.«

»In der Regel«, sagte Holmes, »erweist es sich: je bizarrer etwas ist, desto weniger vertrackt. Gerade die alltäglichen, gesichtslosen Fälle sind es, die einem Kopfzerbrechen machen, wie sich ja auch das nichtssagende Allerweltsgesicht am schwersten identifizieren läßt. Aber jetzt muß ich unverzüglich an die Arbeit.«

»Was willst du tun?« fragte ich.

»Rauchen«, entgegnete er. »Dies ist ein Drei-Pfeifen-Problem, und ich möchte dich bitten, fünfzig Minuten lang nicht zu reden.« Er holte seine Füße auf den Sessel, zog die dürren Knie bis unter seine Habichtsnase — und da saß er: seine Augen waren geschlossen, und seine schwarze Pfeife stach vor wie der Schnabel eines seltsamen Vogels. Ich war zu der Überzeugung gekommen, daß er eingeschlafen sei, und nickte selber ein bißchen ein — da sprang er plötzlich mit der Bewegung eines Mannes, der eine Entscheidung getroffen hat, aus seinem Sessel auf und legte die Pfeife auf den Kaminsims.

»Sarasate spielt heute nachmittag in der St. James Hall«, sagte er. »Was meinst du, Watson? Können dich deine Patienten für ein paar Stunden entbehren?«

»Ohne weiteres. Meine Praxis nimmt mich leider nicht allzusehr in Anspruch.«

»Dann setz deinen Hut auf und komm. Ich will zuerst durch die City, und wir können unterwegs etwas essen. Ich habe festgestellt, daß ein gut Teil deutscher Musik auf dem Programm steht. Die ist mehr nach meinem Geschmack als italienische oder französische. Sie verhilft einem zur Selbstversenkung, und das kann ich jetzt gerade gut gebrauchen.«

Mit der Untergrundbahn fuhren wir bis Aldersgate, und ein kurzer Gang brachte uns zum Saxe-Coburg Square, Schauplatz dieser sonderbaren Geschichte. Es war ein dürftiger, billiger, schäbig-vornehmer Platz: vier Reihen schmuddeliger einstöckiger Häuser schauten auf einen kleinen eingezäunten Bezirk, wo ein verunkrauteter Rasen und ein paar Gruppen welker Lorbeerbüsche heftig gegen eine rauchbeladene und unsympathische Atmosphäre ankämpften. Drei vergoldete Kugeln und ein braunes Brett mit *Jabez Wilson* in weißen Buchstaben an einem Eckhaus bezeichneten die Örtlichkeit, wo unser rothaariger Klient seinem Gewerbe nachging.

Sherlock Holmes blieb vor dem Gebäude stehen, den Kopf zur Seite geneigt, und betrachtete es ausgiebig, wobei seine Augen unter gerunzelten Brauen hell hervorleuchteten. Dann ging er langsam die Straße hinauf und wieder hinab bis zur Ecke, immer noch scharf die Häuser beobachtend. Schließlich kehrte er zum Pfandleihhaus zurück, stieß den Stock ein paarmal heftig aufs Pflaster, ging zur Tür und klopfte. Sogleich wurde sie von einem aufgeweckten, glattrasierten jungen Burschen geöffnet, der ihn einzutreten bat.

»Danke«, sagte Holmes. »Ich hätte nur gern gewußt, wie man von hier aus zum ›Strand‹ kommt.«

»Dritte rechts, vierte links«, antwortete der Gehilfe prompt und schloß die Tür.

»Ein heller Bursche«, bemerkte Holmes, als wir uns entfernten. »Ich halte ihn für den Vierthellsten in London, und er scheint mir das Zeug zu haben, der Dritte zu werden. Ich wußte bereits einiges von ihm.«

»Offensichtlich spielt Mr. Wilsons Gehilfe in diesem Geheimnis eine nicht geringe Rolle«, sagte ich. »Bestimmt hast du ihn nur nach dem Weg gefragt, um ihn zu Gesicht zu bekommen.«

»Nicht ihn.«

»Was sonst?«

»Die Knie seiner Hose.«

»Und was hast du gesehn?«

»Was ich erwartet hatte.«

»Und warum hast du mit deinem Stock aufs Pflaster gestoßen?«

»Mein lieber Doktor, wir sind hier, um Beobachtungen anzustellen, nicht zur Konversation. Spione auf feindlichem Territorium! Vom Saxe-Coburg wissen wir etwas, jetzt wollen wir erkunden, was dahinter liegt.«

Die Straße, in der wir uns befanden, als wir vom Square abbogen, bot einen solchen Kontrast zu ihm, wie die Vorderseite eines Bildes zu seiner Rückseite. Es war eine der Hauptdurchgangsstraßen, die den Verkehr von der City nach Norden und Westen leiten. Der Fahrdamm war verstopft von starkem Verkehr, der hereinflutete und hinausströmte, und die Gehsteige wimmelten von eilenden Fußgängern. Wenn man die Reihe der feinen Läden und stattlichen Geschäftshäuser betrachtete, konnte man sich kaum vorstellen, daß ihre Hinterfront an den verblichenen und öden Platz grenzte, den wir soeben verlassen hatten.

»Laß mich sehn«, sagte Holmes. Er stand an der Ecke und blickte die Straße entlang. »Ich möchte mir die Reihenfolge der Häuser hier einprägen. London genau zu kennen, das ist nun mal meine Leidenschaft. Da haben wir Mortimer's, den Tabakhändler, den kleinen Zeitungsladen, die Coburg-Zweigstelle der City-and-Suburban Bank, das vegetarische Restaurant und McFarlane's Wagendepot. Das bringt uns zum nächsten Block. Und nun, Doktor, haben wir unsere Arbeit getan, also dürfen wir uns dem Vergnügen widmen. Ein Sandwich und eine Tasse Kaffee, und dann auf ins Violinen-Land, wo eitel Herrlichkeit herrscht und wo es keine rothaarigen Klienten gibt, die uns mit ihren Scherzrätseln ärgern.«

Mein Freund war begeisterter Musiker: nicht nur ein sehr befähigter Interpret, sondern auch ein Komponist überdurchschnittlichen Formats. Den ganzen Nachmittag saß er im Parkett, eingehüllt in die größte Glückseligkeit, bewegte seine langen schmalen Finger sanft im Takt der Musik, und sein leicht lächelndes Gesicht mit den milden, verträumten Augen war dem des Spürhundes Holmes, des scharfsinnigen, unbarmherzig zupackenden Verbrecherjägers Holmes so unähnlich wie nur möglich. Die poetische und gelassene Stimmung war ein erholsames Gegengewicht zu seiner Genauigkeit und seinem ungewöhnlichen Scharfsinn. Zwischen äußerster Schlaffheit und alles verzehrender Energie pendelte seine Natur hin und her, und seine Kräfte zeigten sich am deutlichsten, wenn er tagelang zwischen seinen Folianten gehockt und auf der Geige improvisiert hatte. Dann überkam ihn plötzlich das Jagdfieber, und sein brillantes Denkvermögen stieg in die Höhen der Intuition, bis alle, die mit seinen Methoden nicht vertraut waren, ihn offenen Mundes anstarrten wie ein überirdisches Wesen. Als ich ihn an diesem Nachmittag in der St. James Hall so in Musik versunken sah, spürte ich, daß denen nichts Gutes bevorstand, die zur Strecke zu bringen er sich in den Kopf gesetzt hatte.

»Du möchtest bestimmt nach Hause, Doktor«, sagte er, als wir gingen.

»Eigentlich schon.«

»Und ich habe noch einiges zu erledigen, was möglicherweise einige Stunden in Anspruch nimmt. Diese Geschichte am Coburg Square ist eine ernste Sache.«

»Wieso das?«

»Da wird ein Verbrechen vorbereitet. Ich glaube allerdings, daß wir gerade noch rechtzeitig kommen, um es zu verhindern. Daß aber heute Sonnabend ist, kompliziert die Angelegenheit etwas. Ich werde heute abend deine Hilfe brauchen.«

»Natürlich. Um wieviel Uhr?«

»Zehn reicht.«

»Gut. Ich bin dann in der Baker Street.«

»Sehr schön. Und noch etwas, Doktor! Vielleicht wird's ein bißchen gefährlich, also steck lieber deinen Armee-Revolver ein.« Er winkte mit der Hand, machte kehrt und verschwand in der Menge.

Ich glaube eigentlich nicht, daß ich dümmer als meine Mitmenschen bin, doch wenn ich mit Sherlock Holmes zu tun hatte, bedrückte mich stets ein Gefühl eigener Unzulänglichkeit. Hier hatte ich nun alles gehört, was er gehört hatte, gesehen was er gesehen hatte, und doch wurde aus seinen Worten deutlich, daß er nicht nur klar sah, was geschehen war, sondern auch das, was geschehen würde — während mir das Ganze noch konfus und grotesk vorkam. Als ich nach Kensington fuhr, überdachte ich alles, von der ungewöhnlichen Erzählung des rothaarigen Abschreibers der *Encyclopaedia* bis zum Besuch am Saxe-Coburg Square und den ominösen Worten, mit denen Holmes sich von mir verabschiedet hatte. Worum ging es bei dieser nächtlichen Expedition, und weshalb sollte ich mich bewaffnen? Wohin gingen wir, und was würde geschehen? Ich hatte Holmes' Hinweis, daß dieser glattgesichtige Pfandleih-Geselle ein nicht zu unterschätzender Bursche sei — ein Kerl, der möglicherweise etwas im Schilde führte. Ich versuchte, mir einen Reim darauf zu machen, gab aber resigniert auf und schob die Angelegenheit beiseite, bis die Nacht eine Erklärung bringen würde.

Es war Viertel nach neun, als ich von daheim losging, durch den Park eilte und über die Oxford Street zur Baker Street kam. Zwei Droschken standen vor der Tür, und als ich den Gang betrat, hörte ich von oben den Klang mehrerer Stimmen. Beim Eintritt ins Zimmer fand ich Holmes in angeregter Unterhaltung mit zwei Männern, von denen ich einen kannte: Peter Jones, den Polizeibeamten; der andere war ein langer, dürrer, kummergesichtiger Mann mit einem sehr blanken Hut und bedrückend respektablem Gehrock.

»Ha, wir sind vollzählig!« sagte Holmes, knöpfte seine Jacke zu und nahm seine schwere Jagdpeitsche vom Haken. »Watson, ich glaube, Mr. Jones von Scotland Yard kennst du. – Dies ist Mr. Merryweather, der unser nächtliches Abenteuer mitmachen will.«

»Wir jagen wieder paarweise, Doktor, wie Sie sehen«, sagte Jones in seiner folgerichtigen Art. »Unser Freund hier versteht es großartig, eine Jagd in Gang zu bringen. Er braucht bloß einen alten Hund, und mit dessen Hilfe bringt er das Wild zur Strecke.«

»Ich hoffe nur, daß wir zum Schluß nicht einen Bock schießen«, bemerkte Mr. Merryweather düster.

»Mr. Holmes können Sie schon vertrauen, Sir«, sagte der Polizeibeamte hochtrabend. »Er hat seine eigenen kleinen Methoden, die, wenn ich so sagen darf, eine Spur zu theoretisch und phantastisch sind – aber das Zeug zu einem Detektiv hat er. Es ist nicht übertrieben zu sagen, daß er ein- oder zweimal, wie in der Angelegenheit des Sholto-Mordes und des Agra-Schatzes, der Sache näher gekommen ist als die Polizei.«

»Oh, wenn Sie's sagen, Mr. Jones, ist schon alles in Ordnung«, sagte der Fremde nachgiebig. »Trotzdem muß ich gestehen, daß ich meinen Robber vermisse. Seit sechsundzwanzig Jahren mein erster Samstagabend ohne Robber.«

»Ich glaube«, sagte Sherlock Holmes, »Sie werden feststellen, daß Sie heute abend um einen höheren Einsatz spielen, als Sie es je beim Bridge getan haben, und dazu bei einem viel aufregenderen Spiel. Für Sie, Mr. Merryweather, wird's um einige dreißigtausend Pfund gehen, und für Sie, Jones, um den Mann, den Sie gern in die Hände bekommen möchten.«

»John Clay, den Mörder, Dieb, Einbrecher und Fälscher. Er ist ein junger Mensch, Mr. Merryweather, aber in seinem Beruf eine Kapazität, und ich säh' meine Armbänder nur zu gern an seinen Handgelenken – lieber als an irgendeinem anderen Verbrecher in London. Ein bemerkenswerter Kerl, dieser junge John Clay. Sein Großvater war ein Herzog, er selber hat in Eton und Oxford studiert. Sein Geist ist genauso beweglich wie seine Finger, und wenn wir auch an allen

Ecken und Enden auf den Burschen stoßen: zu fassen kriegen wir ihn nie. Diese Woche bricht er in Schottland ein, die nächste sammelt er in Cornwall Geld für ein Waisenhaus. Seit Jahren bin ich ihm auf der Spur – und hab' ihn noch nicht ein einziges Mal zu Gesicht bekommen.«

»Ich hoffe das Vergnügen zu haben, Sie heute nacht miteinander bekanntzumachen«, sagte Holmes. »Auch ich hatte zwei oder drei kleine Begegnungen mit Mr. John Clay, und ich stimme mit Ihnen überein, daß er in seinem Gewerbe eine Kapazität darstellt. Indes ist's zehn vorbei, und wir sollten aufbrechen. Wenn Sie beide die erste Droschke nehmen wollen – Watson und ich folgen in der zweiten.«

Sherlock Holmes war nicht gerade mitteilsam während der langen Fahrt. Er saß zurückgelehnt im Wagen und summte die Melodien vor sich hin, die er am Nachmittag gehört hatte. Wir ratterten unter den Gaslaternen dahin, durch ein endloses Labyrinth verschlungener Straßen, und tauchten endlich in der Farringdon Street auf.

»Des Rätsels Lösung liegt nahe«, bemerkte mein Freund. »Dieser Merryweather ist Bankdirektor und persönlich an der Angelegenheit interessiert. Auch Jones' Anwesenheit hielt ich für ratsam. In seinem Beruf ist er absolut schwachsinnig, aber im Grunde kein übler Kerl. Er hat eine positive Eigenschaft: er ist tapfer wie eine Bulldogge und zäh wie ein Hummer, wenn er jemanden in den Pranken oder Scheren hat. – Wir sind da. Sie warten schon auf uns.«

Wir hatten die gleiche belebte Durchgangsstraße erreicht, in der wir morgens gewesen waren. Unsere Droschken wurden entlassen, und unter Führung von Mr. Merryweather gingen wir einen schmalen Gang hinunter und durch eine Seitentür, die er für uns öffnete. Dahinter lag ein kleiner Korridor, der an einem recht massiven Eisentor endete. Auch dies wurde aufgeschlossen, und nun ging es eine gewundene Steintreppe hinunter, die an einem zweiten schweren Tor zu Ende war. Mr. Merryweather blieb stehen, um eine Laterne anzuzünden, und geleitete uns einen dunklen, nach Erde riechenden Gang hinab und dann, nachdem er eine dritte Tür geöffnet hatte, in eine riesige Gruft oder einen Keller, der mit Lattenkisten und stabilen Behältern rings umher angefüllt war.

»Von oben kann man Ihnen nicht viel anhaben«, meinte Holmes, als er die Laterne hob und sich umschaute.

»Von unten auch nicht«, sagte Mr. Merryweather und stieß seinen Stock auf die Fliesen, mit denen der Boden belegt war. »Nanu, du meine Güte, das klingt ja ganz hohl!« Er blickte überrascht auf.

»Ich muß Sie wirklich bitten, etwas leiser zu sein«, sagte Holmes streng. »Sie haben schon den Erfolg unseres Unternehmens gefährdet. Dürfte ich Sie um die Güte ersuchen, sich auf eine dieser Kisten zu setzen und sich nicht einzumischen?«

Leicht gekränkt hockte sich der vornehme Mr. Merryweather auf eine Holzkiste, während Holmes sich auf die Knie niederließ und begann, mit Hilfe der Laterne und seiner Lupe, die Fugen zwischen den Steinen genau zu untersuchen. Ein paar Sekunden genügten, dann sprang er wieder auf die Füße und steckte die Lupe ein.

»Wir haben mindestens eine Stunde Zeit«, sagte er. »Sie können schwerlich etwas unternehmen, ehe der gute Pfandleiher nicht friedlich im Bett liegt. Dann werden sie keine Minute verlieren, denn je eher sie ihr Werk vollenden, desto mehr Zeit haben sie für die Flucht. Wir befinden uns augenblicklich, Doktor – wie du zweifellos erraten hast –, im Keller der City-Filiale einer der größten Londoner Banken. Mr. Merryweather ist ihr Generaldirektor; er wird dir erklären, daß es Gründe gibt, weshalb gewisse Londoner Verbrecher zur Zeit ein beträchtliches Interesse an diesem Keller haben.«

»Es ist unser französisches Gold«, flüsterte der Direktor, »wir sind verschiedentlich gewarnt worden, daß vielleicht jemand versuchen könnte, es zu rauben.«

»Ihr französisches Gold?«

»Ja. Wir hatten vor einigen Monaten Gelegenheit, unsere Rücklagen zu verstärken, und borgten zu diesem Zwecke dreißigtausend Napoléons von der Bank von Frankreich. Es ist bekanntgeworden, daß wir keine Gelegenheit hatten, das Geld auszupacken, und daß es noch immer in unserem Keller liegt. Die Kiste, auf der ich sitze, enthält zweitausend Napoléons, verpackt zwischen Lagen von Blei-Folie. Unsere Reserve an Goldbarren ist zur Zeit erheblich größer, als sie gewöhnlich in einer einzelnen Filiale gehalten wird, und die Direktoren hatten dieserhalb Bedenken.«

»Die durchaus gerechtfertigt waren«, bemerkte Holmes. »Und nun ist's an der Zeit, daß wir unsern kleinen Plan in die Tat umsetzen. Ich erwarte, daß die Sache innerhalb einer Stunde zur Entscheidung kommt. In der Zwischenzeit, Mr. Merryweather, müssen wir die Klappe der Laterne schließen.«

»Und im Dunkeln sitzen?«

»Ich fürchte, ja. Ich hatte ein Kartenspiel mitgebracht, weil ich dachte, Sie könnten doch noch zu Ihrem Robber kommen, da wir eine *partie carrée* sind. Aber ich sehe, daß die Vorbereitungen des Gegners zu weit gediehen sind. Wir können es nicht mehr riskieren, Licht anzulassen. Zuerst einmal müssen wir unsere Posten beziehen. Zwar sind diese Draufgänger uns gegenüber im Nachteil, aber sie können uns doch einigen Schaden zufügen, wenn wir nicht aufpassen. Ich stelle mich hinter diese Kiste, und Sie verbergen sich hinter denen da. Sowie ich sie anleuchte – drauf! Wenn sie schießen, Watson, knall sie nieder, rücksichtslos!«

Ich legte meinen Revolver entsichert auf die Holzkiste, hinter der ich mich niederduckte. Holmes schob den Schieber vor die Laterne und ließ uns in dichter Dunkelheit zurück – einer derartigen Dunkelheit, wie ich sie noch nie erlebt hatte. Der Geruch heißen Metalls gab uns die Gewähr, daß das Licht noch da war, bereit, jede Sekunde aufzublitzen. Meine Nerven waren erwartungsvoll angespannt, und ich empfand die plötzliche Düsternis und kalte feuchte Luft beklemmend und beängstigend.

»Sie haben nur eine Rückzugsmöglichkeit«, flüsterte Holmes. »Durchs Haus zum Saxe-Coburg Square. Hoffentlich haben Sie angeordnet, um was ich Sie gebeten hatte, Jones?«

»Ein Inspektor und zwei Beamte warten an der Haustür.«

»Dann haben wir alle Löcher verstopft. Und jetzt müssen wir still sein und abwarten.«

Wie lang es schien! Hinterher stellten wir fest, daß es nur eineinviertel Stunden waren, aber mir wollte es vorkommen, als müsse die Nacht fast verstrichen sein und die Morgendämmerung anbrechen. Meine Glieder waren müde und steif, denn ich fürchtete mich, meine Stellung zu verändern, doch mein Gehör war derart geschärft, daß ich nicht nur das sanfte Atmen meiner Gefährten hören, sondern auch das leise Keuchen des massigen Jones von dem dünnen, seufzenden Luftholen des Bankdirektors unterscheiden konnte. Von meinem Platz aus sah ich über die Kiste hinweg den Fußboden. Plötzlich bemerkte ich einen Lichtschimmer.

Zuerst war's nur ein fahler Fleck auf dem Steinpflaster. Dann verlängerte er sich, bis eine gelbe Linie daraus wurde. Endlich schien sich, ohne Warnung oder Geräusch, ein Spalt zu öffnen, und eine Hand erschien, eine weiße, fast frauliche Hand, die in dem kleinen Lichtkreis umhertastete. Eine Minute lang, oder länger, streckte sich die Hand mit gekrümmten Fingern aus dem Boden. Dann wurde sie zurückgezogen, ebenso plötzlich, wie sie aufgetaucht war, und alles war wieder dunkel mit Ausnahme des einzelnen fahlen Lichtflecks, der einen Spalt zwischen den Steinen bezeichnete.

Nach einer Weile hob sich, mit einem zerrenden, reißenden Geräusch, eine der weißen Steinplatten, wurde zur Seite geschoben und ließ ein quadratisches Loch frei, durch das das Licht einer Laterne strömte. Über den Rand hinweg lugte ein freches, jungenhaftes Gesicht, das sich eifrig umschaute. Dann erschien auf jeder Seite der Öffnung eine Hand; es folgte die Schulter, die Hüfte, bis ein Knie auf dem Rande ruhte. Einen Augenblick später stand der Mann neben dem Loch und zog einen Komplicen herauf, der ebenso schmächtig und geschmeidig war wie er und ein bleiches Gesicht und einen sehr roten Haarschopf hatte. »Die Luft ist rein«, wisperte er. »Hast du den Meißel und die Säcke? – Tod und Teufel! Spring, Archie, spring, hier oben mach' ich's schon!«

Sherlock Holmes war vorgeprescht und hatte den Eindringling am Kragen gepackt. Der andere verschwand im Loch. Ich hörte das Geräusch reißenden Stoffs: Jones hatte seine Rockschöße in der Hand. Das Licht fiel auf den Lauf eines Revolvers, doch Holmes' Jagdpeitsche hieb auf des Mannes Handgelenk, und die Waffe klapperte auf den Steinboden.

»Hat doch gar keinen Zweck, John Clay«, sagte Holmes sanft. »Sie haben nicht die mindeste Chance.«

»Das sehe ich«, antwortete der andere äußerst gelassen. »Aber mein Kumpel dürfte Ihnen entwischt sein – wenn Sie auch seinen Rockschoß erobert haben, wie mir scheint.«

»An der Tür warten drei Mann auf ihn«, sagte Holmes.

»Donnerwetter. Sie haben offenbar an alles gedacht. Ich muß Ihnen mein Kompliment machen.«

»Und ich Ihnen«, entgegnete Holmes. »Ihre rothaarige Idee war neuartig und recht erfolgversprechend.«

»Wirst deinen Kumpel gleich wiedersehn«, sagte Jones.

»Er ist fixer als ich, wenn's darum geht, ins Loch zu kommen. Gib mal her, damit ich dir die Manschetten anziehn kann.«

»Ich möchte doch darum gebeten haben, daß Sie mich nicht mit Ihren schmutzigen Händen berühren«, erwiderte unser Gefangener, als die Handschellen an seinen Gelenken klirrten. »Sie machen sich vielleicht nicht klar, daß königliches Blut in meinen Adern fließt. Haben Sie außerdem die Güte, ›Sir‹ und ›bitte‹ zu sagen, wenn Sie mit mir reden.«

»Gemacht«, sagte Jones kichernd. »Also: würden Sie bitte nach oben marschieren, Sir, wo eine Droschke auf uns wartet, mit der wir Eure Hoheit auf die Polizeiwache transportieren können?«

»So ist's schon besser«, sagte John Clay heiter. Er verbeugte sich vor uns dreien und ging im Gewahrsam des Detektivs ruhig ab.

»Wirklich, Mr. Holmes«, sagte Mr. Merryweather, als wir ihnen auf dem Weg aus dem Keller folgten, »ich weiß nicht, wie die Bank Ihnen danken oder es Ihnen lohnen soll. Sie haben einen gut geplanten, entschlossenen Bankraub vereitelt. Etwas Ähnliches habe ich noch nie erlebt.«

»Ich habe persönlich ein Hühnchen mit Mr. John Clay zu rupfen«, sagte Holmes. »Abgesehen von ein paar minimalen Unkosten, die mir die Bank fraglos erstatten wird, bin ich reichlich durch eine Erfahrung belohnt, die auch für mich durchaus nicht langweilig war. Nicht zu vergessen die Art und Weise, mit der sie sich unsern Mr. Wilson vom Leibe hielten: eine an allen roten Haaren Londons herbeigezogene Idee. Einfach prachtvoll.«

»Siehst du, Watson«, erklärte er in den frühen Morgenstunden, als wir in der Baker Street bei einem Glas Whisky mit Soda saßen, »es war doch von Anfang an klar, daß die phantastische Geschichte mit der Zeitungsannonce und dem Abschreiben der *Encyclopaedia* einen bestimmten Grund haben mußte. Die Methode war sonnenklar – aber wirksam. Ohne Zweifel ist der einfallsreiche Clay durch die Haarfarbe seines Komplicen auf den Dreh gekommen. Für den Pfandleiher waren vier Pfund pro Woche ein fetter Köder – ihnen ging's ja um runde dreißigtausend. Von dem Augenblick an, als ich hörte, daß der Gehilfe zum halben Lohn kam, war mir klar, daß er sich die Anstellung nicht des Geldes wegen verschafft hatte, sondern aus irgendeinem Motiv.«

»Und wie bist du hinter das Motiv gekommen?«

»Wären Frauen im Hause, hätte ich eine vulgäre Intrige vermutet. Das aber stand außer Frage. Der Mann hatte nur ein kleines Geschäft, und im Hause war nichts, das solche umfangreichen Vorbereitungen und solchen Aufwand rechtfertigen konnte. Also mußte es etwas außerhalb des Hauses sein. Aber was? Ich dachte an den fotografischen Spleen und den Trick, im Keller zu verschwinden. Der Keller – das war's!

Dann zog ich Erkundigungen über diesen geheimnisvollen Gesellen ein und fand heraus, daß ich's mit einem der kaltblütigsten Kriminellen Londons zu tun hatte. Und der tat irgend etwas in dem Keller da unten – etwas, das monatelang jeden Tag mehrere Stunden erforderte. Wieder: was mochte das sein? Ich konnte mir nichts anderes denken, als daß er einen Tunnel zu einem anderen Gebäude grub.

So weit war ich, als wir den Schauplatz der Handlung besuchten. Du warst erstaunt, daß ich mit dem Stock aufs Pflaster klopfte. Ich wollte sehen, ob sich der Keller nach vorne oder nach hinten erweiterte. Vorn war's nicht. Dann klingelte ich, und wie ich gehofft hatte, öffnete der Bursche. Wir haben schon einige Plänkeleien miteinander gehabt, hatten uns aber noch nie gesehen. Sein Gesicht sah ich mir kaum an: seine Knie interessierten mich. Du mußt bemerkt haben, wie durchgescheuert und lehmig sie waren. Bestätigung meiner Theorie: er grub. Blieb nur noch ein Punkt: wohin? Ich ging um die Ecke, sah, daß die City-and-Suburban Bank an das Haus unseres Freundes stieß, und war meiner Sache sicher. Als du nach dem Konzert heimfuhrst, habe ich Scotland Yard und den Generaldirektor der Bank aufgesucht – das Ergebnis kennst du.«

»Wieso konntest du aber vorhersagen, daß sie ausgerechnet heute nacht einbrechen würden?« fragte ich.

»Nun, daß sie ihr Büro der Rothaarigen schlossen, war das ein Zeichen, daß ihnen an Mr. Jabez Wilsons Abwesenheit nichts mehr gelegen war; mit anderen Worten: ihr Tunnel war fertig. Nun mußten sie ihn so bald wie möglich benutzen, ehe er entdeckt oder das Gold abtransportiert wurde. Der Sonnabend war für sie am günstigsten: er gab ihnen zwei Tage Spielraum. Aus diesen Gründen habe ich erwartet, daß sie heute kommen würden.«

»Eine großartige Kombination!« sagte ich begeistert. »Jedes Glied der langen Kette hakt ins andere ein.«

»Dieses Denkspiel hat mich vor der Langeweile bewahrt«, sagte Sherlock Holmes gähnend. »O weh, ich spüre, wie sie sich schon wieder auf mich senkt! Mein Leben ist ein unablässiges Bemühen, den Gemeinplätzen der Existenz zu entrinnen. Diese kleinen Probleme verhelfen mir dazu.«

»Darüber hinaus bist du ein Wohltäter der Menschheit«, sagte ich.

Er zuckte mit den Schultern. »Vielleicht ist's tatsächlich nicht so ganz und gar wertlos. *›L'homme c'est rien – L'oeuvre c'est tout‹*, wie Gustave Flaubert in irgendeinem Brief an George Sand schreibt –«

Ein ganz einfacher Fall

Ein paar Monate nach meiner Heirat saß ich eines Abends am Kamin, rauchte eine letzte Pfeife und wollte noch etwas lesen, aber ich nickte ein: ich hatte einen anstrengenden Tag hinter mir. Meine Frau war schon nach oben gegangen, und das Schließen der Dielentür sagte mir, daß sich auch das Personal zur Ruhe begeben hatte. Als ich die Asche ausklopfen wollte, hörte ich die Glocke läuten. Es war Viertel vor zwölf. Es konnte sich also nur um einen Patienten handeln. Mit gemischten Gefühlen öffnete ich die Tür, und zu meiner Überraschung stand Sherlock Holmes auf der Schwelle.

»Ah, Watson«, sagte er. »Wie schön, daß du noch auf bist. Ich hatte schon befürchtet, es sei zu spät.«

»Komm 'rein, mein Guter.«

»Erleichtert, daß es kein Patient ist? Hm, du rauchst also immer noch das Kraut deiner Junggesellentage. Die flockige Asche auf deinem Rock verrät's. Außerdem sieht man, daß du gewöhnt bist, Uniform zu tragen, Watson: solange du dein Taschentuch in den Ärmel steckst, wirst du nie als reinblütiger Zivilist gelten. Kannst du mich heute nacht unterbringen?«

»Mit Vergnügen.«

»Du hast mir erzählt, ein Gastzimmer sei immer frei, und deine Garderobe zeigt, daß du keinen Besuch hast.«

»Das Zimmer steht zu deiner Verfügung.«

»Danke. Wie ich zu meinem Bedauern sehe, hattest du die Handwerker im Hause. Verheißt nichts Gutes. Hoffentlich waren es nicht die sanitären Anlagen?«

»Nein, das Gas.«

»Aha. Wo die Leitung in die Wand führt, hat der Mann zwei Nageleindrücke von seinen Stiefeln im Linoleum hinterlassen. Nein, danke, ich habe in der Waterloo-Station gegessen, aber ich würde ganz gerne eine Pfeife mit dir rauchen.«

Ich reichte ihm meinen Tabakbeutel. Holmes setzte sich mir gegenüber und rauchte eine Zeitlang schweigend. So spät konnte ihn nur eine wichtige Angelegenheit zu mir geführt haben, also wartete ich geduldig.

»Wie ich sehe, bist du im Augenblick beruflich recht in Anspruch genommen«, sagte er und sah mich dabei scharf an.

»Ja, ich habe einen anstrengenden Tag hinter mir«, antwortete ich. »Du wirst mich wieder einmal auslachen«, fügte ich hinzu, »aber ich weiß wirklich nicht, woran du das siehst. So müde sehe ich doch nun auch wieder nicht aus.«

Holmes kicherte vor sich hin.

»Ich kenne deine Angewohnheiten, Watson«, sagte er. »Bei einer kleinen Runde gehst du zu Fuß, bei einer langen benutzt du eine Droschke. Du warst zwar draußen, aber deine Stiefel sind nicht schmutzig, also bist du zur Zeit so beschäftigt, daß du mit der Droschke fährst.«

»Exzellent!« rief ich aus.

»Elementar«, sagte er gelassen. »Ein Beispiel für eine verblüffende Wirkung, die dadurch hervorgerufen wird, daß der andere den Angelpunkt der Schlußfolgerung nicht mitbekommen hat. Das gleiche gilt für einige deiner kleinen Skizzen, mein Guter: der Effekt wirkt aus der Luft gegriffen und überraschend, weil du dem Leser einige Faktoren vorenthältst. Nun, im Augenblick bin ich in der Situation eines Lesers, denn ich habe zwar einige Fäden eines höchst sonderbaren Falles in der Hand, aber mir fehlen noch ein oder zwei, ohne die ich meine Theorie nicht vervollständigen kann. Doch ich kriege sie, Watson, ich kriege sie!« Seine Augen leuchteten auf, und in seine Wangen kam eine leichte Röte. Einen Augenblick später aber hatte sein Gesicht wieder diesen Indianer-Ausdruck angenommen, der manchen Menschen veranlaßt, ihm alle Gefühle abzusprechen.

»Das Problem weist interessante Züge auf«, sagte er. »Ich könnte sogar sagen, ganz außergewöhnlich interessante Züge. Ich habe mir schon ein paar Gedanken gemacht und glaube, der Lösung des Rätsels auf der Spur zu sein. Ich würde mich freuen, wenn du mich auf dem letzten Schritt begleiten könntest.«

»Herzlich gern.«

»Kannst du morgen mit nach Aldershot kommen?«

»Einfach ist's nicht. Aber ich denke, Jackson wird so lange meine Praxis übernehmen.«

»Sehr schön. Ich möchte mit dem Zug 11.10 von Waterloo abfahren.«

»Das ließe mir Zeit, ihn zu benachrichtigen.«

»Wenn du nicht zu müde bist, skizziere ich dir kurz, was geschehen ist und was uns zu tun bleibt.«

»Ich bin hellwach.«

»Ich fasse mich so kurz wie möglich, ohne Wesentliches auszulassen. Vielleicht hast du von dem Fall sogar schon gelesen. Es geht um den vermeintlichen Mord an Colonel Barclay von den Royal Mallows in Aldershot.«

»Nein, davon habe ich noch nichts gehört.«

»Er hat bisher auch kein großes Aufsehen erregt, ausgenommen im Ort. Die Tat liegt zwei Tage zurück. Es geht um folgendes:

Die Royal Mallows sind, wie du weißt, eines der berühmtesten irischen Regimenter der britischen Armee. Im Krimkrieg und beim Indien=Aufstand haben sie Wunder vollbracht und sich seither bei jeder Gelegenheit ausgezeichnet. Bis Montag abend wurde das Regiment von James Barclay befehligt, einem tapferen Veteranen, der als einfacher Soldat angefangen hat, im Aufstand für seine Tapferkeit zum Offizier befördert wurde und schließlich das Regiment befehligte, in dem er einst eine Muskete getragen hatte.

Oberst Barclay heiratete als Sergeant. Seine Frau, Nancy Devoy mit Mädchennamen, war die Tochter eines früheren Colour=Sergeant im selben Korps. Daraus ergab sich eine gewisse soziale Reibung, wie du dir vorstellen kannst, als das junge Paar in seine neue Umgebung kam. Sie scheinen sich aber schnell angepaßt zu haben. Soviel ich weiß, stand Mrs. Barclay mit den Damen des Regiments auf gutem Fuße — wie auch ihr Mann mit seinen Offizierskollegen. Ich darf hinzufügen, daß sie eine sehr schöne Frau war und auch noch nach dreißig Ehejahren eine faszinierende Erscheinung ist.

Colonels Barclays Familienleben scheint sehr glücklich gewesen zu sein. Major Murphy, dem ich mein Wissen zum größten Teil verdanke, hat nie von Mißverständnissen zwischen den Eheleuten gehört. Allerdings sei Barclay seiner Frau wohl mehr zugetan gewesen als umgekehrt. Er konnte keinen Tag ohne sie sein, während sie weniger auffällig an ihm zu hängen schien, wenn sie ihm auch zugeneigt und treu war.

Nun, im Regiment hielt man die beiden für das vorbildliche Paar mittleren Alters. Nichts wies auf die folgende Tragödie hin.

Colonel Barclay scheint einige etwas ungewöhnliche Charakterzüge gehabt zu haben. Er war ein schneidiger, jovialer Haudegen, zeigte aber dann und wann Heftigkeit und Rachsucht. Doch hat sich diese Seite seiner Natur offenbar niemals gegen seine Frau gerichtet. Aufgefallen ist Major Murphy und drei von den fünf anderen Offizieren, mit denen ich mich unterhalten habe, daß ihn von Zeit zu Zeit eine merkwürdige Niedergeschlagenheit überfiel. Der Major formulierte es so: oft wurde ihm das Lächeln geradezu vom Mund geschlagen, wie von einer unsichtbaren Hand, wenn er an der Ausgelassenheit im Kasino teilnahm. Dann versank er tagelang in Trübsinn. Darüber hinaus ist seinen Offizierskollegen ein gewisser Aberglaube aufgefallen, und zwar ertrug er es nicht, allein zu sein; besonders nach Dunkelwerden. Dieser kindliche oder kindische Zug bei einer so männlichen Persönlichkeit gab häufig Anlaß zu allerlei Mutmaßungen und Bemerkungen.

Das erste Bataillon der Royal Mallows, das alte 117., war einige Jahre in Aldershot stationiert. Die verheirateten Offiziere wohnten außerhalb der Kaserne, und der Oberst hatte eine Villa mit Namen ›Lachine‹ etwa eine halbe Meile vom North Camp entfernt. Das Haus steht auf einem Einzelgrundstück, doch sind's von der Westseite nur dreißig Yard bis zur Landstraße. Das Personal besteht aus einem Kutscher und zwei Mägden. Kinder hatten die Barclays nicht, und Logierbesuch eigentlich nie.

Nun zu den Ereignissen in ›Lachine‹ vom vergangenen Montagabend zwischen neun und zehn Uhr.

Mrs. Barclay gehört der römisch-katholischen Kirche an, wie ich glaube, und interessiert sich sehr für die Gründung der Guild of St. George, die, wie die Watt Street Chapel, die Armen mit abgelegten Kleidungsstücken versorgt. An jenem Abend fand um acht Uhr ein Treffen der Guild statt, und Mrs. Barclay führte den Vorsitz. Sie beeilte sich mit dem Abendessen, und als sie das Haus verließ, hörte der Kutscher, wie sie ihrem Mann gegenüber eine freundliche Bemerkung machte und ihm versprach, bald wieder daheim zu sein. Dann holte sie Miss Morrison ab, eine junge Dame aus der Nachbarvilla, und gemeinsam gingen die beiden zu der Zusammenkunft. Sie dauerte vierzig Minuten. Um Viertel nach neun kehrte Mrs. Barclay zurück, nachdem sie sich von Miss Morrison vor deren Haustür verabschiedet hatte.

Ein Raum in ›Lachine‹ dient als Besuchszimmer; es liegt zur Straße hin, und eine große Glas-Klapptür führte auf den Rasen. Der Rasen ist dreißig Yard breit und von der Straße durch eine niedrige Mauer mit einem Eisengeländer getrennt. In dieses Zimmer ging Mrs. Barclay nach ihrer Rückkehr. Die Jalousien waren nicht herabgelassen, denn es wurde abends selten benutzt. Mrs. Barclay zündete die Lampe an, leuchtete dann und gab Jane Stewart, dem Hausmädchen, den ungewöhnlichen Auftrag, ihr eine Tasse Tee zu bringen. Der Colonel hatte im Speisezimmer gesessen; als er hörte, daß seine Frau zurück war, ging er zu ihr ins Besuchszimmer. Der Kutscher sah ihn über die Diele gehen. Lebend sah ihn dann niemand mehr. Der bestellte Tee kam nach zehn Minuten. Das Mädchen war überrascht, als es an der Tür die Stimmen seines Herrn und seiner Herrin in wütendem Streit hörte. Es klopfte, bekam keine Antwort, drehte am Griff: erfolglos — die Tür war von innen abgeschlossen. Natürlich lief es nach unten zur Köchin, und die beiden Frauen und der Kutscher kamen in die Diele herauf und lauschten der Auseinandersetzung. Sie behaupten, nur zwei Stimmen gehört zu haben, die von Barclay und seiner Frau. Barclays Bemerkungen waren gedämpft und nicht zu verstehen, Mrs. Barclays Worte jedoch bitter und manchmal deutlich zu hören. ›Du Schuft!‹ hat sie wieder und wieder gesagt. ›Was soll jetzt werden? Gib mir mein Leben zurück. Ich will nie mehr die gleiche Luft mit dir atmen! Du Schuft! Du Schuft!‹ Dies die Bruchstücke der Unterhaltung. Sie endete plötzlich mit einem entsetzlichen Aufschrei der männlichen Stimme, mit einem Krachen und einem schrillen Schrei der Frau. Der Kutscher vermutete eine Tragödie und wollte gewaltsam die Tür öffnen, was ihm aber nicht gelang; die Mädchen waren so eingeschüchtert, daß sie ihm nicht halfen. Dann lief er nach draußen. Eine der hohen Verandatüren stand offen, was im Sommer üblich ist, wie ich hörte, und so kam er ins Zimmer. Seine Herrin lag bewußtlos auf einer Couch; der Oberst war tot. Seine Beine hingen auf einem Sessel, sein Kopf lag neben dem Kamingitter auf dem Fußboden in einer Blutlache.

Als der Kutscher festgestellt hatte, daß er seinem Herrn nicht mehr helfen konnte, wollte er die Zimmertür aufschließen. Aber der Schlüssel steckte nicht, und merkwürdigerweise war er nirgends zu finden. So verließ er das Zimmer durch die Verandatür und holte einen Polizisten und einen Arzt herbei. Die Dame, auf der natürlich der stärkste Verdacht ruhte, wurde auf ihr Zimmer gebracht (sie war immer noch bewußtlos), dann legte man die Leiche des Colonel aufs Sofa und untersuchte den Tatort.

Am Hinterkopf des alten Soldaten war ein unregelmäßiger etwa zwei Zoll langer Schnitt, offenbar von einer stumpfen Waffe verursacht. Dicht neben der Leiche lag ein eigenartiger Stock auf dem Boden, holzgeschnitzt, mit einem Griff aus Bein. Der Colonel besaß eine Sammlung von Waffen aus den verschiedensten Ländern, in denen er gekämpft hatte, und die Polizei vermutet, daß dieser Stock zu seinen Trophäen gehört. Die Diener streiten ab, ihn je gesehen zu haben, aber da so zahlreiche Kuriositäten im Haus sind, ist er ihnen vielleicht entgangen. Sonst wurde nichts entdeckt. Das Merkwürdige aber: der Schlüssel war nicht zu finden! Mr. Barclay hatte ihn nicht, Mrs. Barclay hatte ihn nicht, und im Zimmer war er auch nicht. Ein Schlosser aus Aldershot mußte schließlich die Tür öffnen.

So lagen die Dinge, Watson, als ich Dienstag früh auf Bitten von Major Murphy nach Aldershot fuhr, um der Polizei zu helfen. Du siehst doch wohl ein, daß mich das Problem reizte? Aber dann zeigten mir meine Beobachtungen, daß es noch viel ungewöhnlicher und interessanter war, als es auf den ersten Blick aussah.

Ehe ich das Zimmer untersuchte, verhörte ich die Dienerschaft, brachte aber nichts Neues heraus. Endlich fiel dem Hausmädchen etwas ein. Beim erstenmal hatte sie kaum etwas verstehen können, als sie dann aber zu dritt vor der Tür standen, hörte sie zweimal den Namen ›David‹ von Mrs. Barclay. Ein sehr wichtiger Hinweis, denn der Colonel hieß ja James.

Beeindruckt waren Dienerschaft und Polizei vom verzerrten Gesicht des Opfers. Es muß in einem unsagbar scheußlichen

Ausdruck von Angst und Entsetzen erstarrt sein. Demnach dürfte feststehen, daß er sein Schicksal erkannt hat. Das paßt in die Theorie der Polizei: der Colonel habe gesehen, wie seine Frau zu dem tödlichen Schlag ausholte. Der Umstand, daß sich die Wunde an seinem Hinterkopf befand, widerlegt dies nicht unbedingt: vielleicht hatte er sich abgewendet, um ihm zu entgehen. Die Dame ist nicht vernehmungsfähig.

Von der Polizei erfuhr ich, daß Miss Morrison jede Kenntnis der Ursache abstreitet, die die gereizte Stimmung ihrer Begleiterin herbeigeführt haben könnte.

Als ich dies zusammengetragen hatte, Watson, rauchte ich ein paar Pfeifen und versuchte, das Wesentliche vom Zufälligen zu trennen. Feststand, daß der aufschlußreichste Punkt des Falles das merkwürdige Verschwinden des Türschlüssels ist. Da er nicht gefunden wurde, muß er mitgenommen worden sein. Von einer dritten Person, natürlich, die das Zimmer durch die Verandatür verlassen hat. Ich machte mich auf die Suche und entdeckte tatsächlich Spuren. Es war ein Mann im Zimmer gewesen, und er hatte den Rasen von der Straße her überquert. Ich konnte fünf Fußabdrücke feststellen: einen am Straßenrand, wo er über die niedrige Mauer geklettert war, zwei auf dem Rasen und zwei schwache auf den Dielenbrettern an der Tür. Offensichtlich ist er sehr hastig über den Rasen gelaufen, denn seine Zehenabdrücke waren viel tiefer als die Absätze. Aber nicht der Mann überraschte mich, sondern sein Begleiter!«

»Nanu?«

Holmes zog ein großes Blatt Seidenpapier aus der Tasche und entfaltete es sorgfältig auf seinen Knien.

»Was hältst du davon?« fragte er mich.

Das Papier zeigte die Abdrücke irgendeines kleineren Tieres. Es hatte fünf ausgeprägte Pfotenpolster, eine Andeutung von langen Krallen, und die ganze Pfote war etwa so groß wie ein Teelöffel.

»Es könnte ein Hund sein«, sagte ich.

»Ein Hund, der an einem Vorhang hochklettert? Das hat dieses Tier getan – an Spuren hab' ich's eindeutig festgestellt.«

»Dann ein Affe?«

»Nein, eine Affenpfote sieht anders aus.«

»Was kann's sonst sein?«

»Weder Hund, noch Katze, noch Affe, noch irgendein Lebewesen, das uns vertraut ist. Ich habe versucht, mir aus den Abmessungen ein Bild zu machen. Hier hat das Tier reglos gestanden: vier Abdrücke, und nicht weniger als fünfzehn Zoll von den Vorder- zu den Hinterpfoten, dazu Hals und Kopf, und das ergibt etwa zwei Fuß. Wahrscheinlich ist es länger, wenn es einen Schwanz hat. Beachte nun aber diese anderen Maße. Hier die Schrittlänge, als das Tier in Bewegung war: nur an die drei Zoll. Also ein langer Körper auf sehr kurzen Beinen. Leider war das Vieh nicht so rücksichtsvoll, mir ein Büschel Haare dazulassen. Immerhin kann es an einem Vorhang hochklettern und gehört zu den Fleischfressern.«

»Woraus schließt du das?«

»Aus der Kletterpartie. Im Fenster hing nämlich ein Vogelbauer, und das Tier muß es auf den Kanarienvogel abgesehen haben.«

»Was kann das bloß gewesen sein?«

»Tja, wenn ich das wüßte, wären wir des Rätsels Lösung ein gutes Stück näher. Wahrscheinlich gehört es der Wiesel- oder Hermelin-Familie an. Ist aber größer als alle Tiere dieser Gattung, die ich je gesehen habe.«

»Und was hat's mit dem Verbrechen zu tun?«

»Auch das liegt noch im dunkel. Aber wir haben schon allerhand in Erfahrung gebracht, wie du siehst. Wir wissen, daß ein Mann auf der Straße stand und den Streit der Barclays mit ansah – die Jalousien waren nicht herabgelassen, und im Zimmer brannte Licht. Außerdem wissen wir, daß er über den Rasen lief und mit einem seltsamen Tier den Raum betrat. Entweder erschlug er den Colonel, oder der Colonel – das ist gleichfalls möglich – stürzte bei seinem Anblick aus nacktem Entsetzen hin und schlug sich an der Kante des Kamingitters den Kopf auf. Schließlich haben wir den eigenartigen Umstand, daß der Eindringling den Schlüssel mitnahm.«

»Deine Entdeckungen machen die Geschichte ja noch dunkler«, sagte ich.

»Allerdings. Sie haben mir gezeigt, daß viel mehr dahintersteckt. Daraufhin bin ich zu der Überzeugung gekommen, den Fall anders anpacken zu müssen. – Aber ich halte dich vom

Zubettgehen ab, Watson, und ich kann dir dies alles genausogut morgen im Zug erzählen.«

»Nein, nein, jetzt bin ich viel zu neugierig.«

»Gut. Es steht fest, daß Mrs. Barclay mit ihrem Mann in gutem Einvernehmen war, als sie um halb acht das Haus verließ. Der Kutscher hörte freundliche Worte. Ebenso sicher ist, daß sie nach ihrer Rückkehr in das Zimmer ging, in dem abends selten jemand war. Dann verlangte sie Tee, wie es einer erregten, aufgebrachten Frau entspricht. Schließlich brach sie in heftige Vorwürfe aus, als ihr Mann hereinkam. Es hat sich also zwischen halb acht und neun etwas zugetragen, das ihre Einstellung zu ihm von Grund auf veränderte. Da Miss Morrison in diesen anderthalb Stunden mit ihr zusammengewesen war, muß sie etwas wissen, so sehr sie es auch abstreitet.

Zuerst dachte ich an ein Verhältnis zwischen dem jungen Mädchen und dem alten Soldaten. Miss Morrison hatte es der Ehefrau gebeichtet, und die war aufgebracht. Auch das Leugnen des Mädchens wäre dann verständlich. Dagegen spricht die Anspielung auf ›David‹ und die bekannte Zuneigung des Obersten zu seiner Frau. Ganz zu schweigen vom Eindringen des anderen Mannes, was mit dem Vorhergegangenen natürlich nicht unbedingt zusammenhängen mußte. Jedenfalls ließ ich die Idee fallen, daß sich zwischen dem Colonel und Miss Morrison etwas abgespielt hatte, war aber mehr denn je davon überzeugt, daß die junge Dame wußte, was in Mrs. Barclay den Haß auf ihren Mann hervorgerufen hatte. Ich ging also zu ihr und machte ihr klar, daß Mrs. Barclay möglicherweise des Mordes angeklagt werde, falls sich nicht etwas anderes ergeben sollte.

Miss Morrison ist ein ätherisches kleines Wesen mit ängstlichen Augen und blonden Haaren – aber auch klug und verständig. Sie dachte eine Weile nach und entschloß sich dann, mir alles zu erzählen. Ich fasse ihren Bericht für dich zusammen.

›Ich habe meiner Freundin versprochen zu schweigen‹, sagte sie, ›und versprochen ist versprochen. Wenn ihr aber etwas so Schlimmes vorgeworfen wird und sie sich nicht verteidigen kann, weil sie krank ist, die Arme, dann entbindet mich das wohl von meinem Versprechen.

Um Viertel vor neun ungefähr kamen wir von der *Watt Street Mission* zurück. Unterwegs mußten wir durch die Hudson Street, eine sehr stille Straße. Sie hat nur eine Laterne auf der linken Seite, und als wir uns dieser Laterne näherten, kam ein Mann auf uns zu. Er ging gebückt und trug eine Kiste oder so etwas Ähnliches. Dann sah ich, daß er verkrüppelt war, denn er hielt seinen Kopf ganz tief, und die Knie waren gekrümmt. Wir gingen an ihm vorbei – da hob er im Laternenschein den Kopf und sah uns an, blieb wie angewurzelt stehen und schrie mit schrecklicher Stimme: »Mein Gott, Nancy!« – Mrs. Barclay wurde bleich wie der Tod und wäre umgefallen, wenn dieses furchtbare Geschöpf sie nicht aufgefangen hätte. Ich wollte schon die Polizei rufen, aber sie sprach ganz höflich mit dem Kerl.

»Ich denke, du bist seit dreißig Jahren tot, Henry«, sagte sie mit zitternder Stimme.

»Bin ich auch«, sagte er, und es war grauenhaft, in welchem Ton er das sagte. Er hatte ein ganz dunkles, furchterregendes Gesicht und etwas in seinen Augen, das mich im Traum verfolgt. Seine Haare und sein Backenbart waren graumeliert, und sein Gesicht war zerknittert und gerunzelt wie ein welker Apfel.

»Gehen Sie schon ein Stückchen voraus, Liebe«, sagte Mrs. Barclay zu mir. »Ich möchte ein paar Worte mit diesem Mann sprechen. Sie brauchen keine Angst zu haben.« Sie gab sich Mühe, munter zu wirken, aber sie war leichenblaß und zitterte am ganzen Körper.

Ich ging weiter, und sie sprachen ein paar Minuten miteinander. Dann kam sie mit funkelnden Augen zu mir, und ich sah, wie der verkrüppelte Kerl am Laternenpfahl stand und die Fäuste ballte. Sie hat kein Wort gesagt, bis wir hier vor der Tür waren. Da nahm sie meine Hand und bat mich, niemandem etwas von der Begegnung zu erzählen. »Er ist ein alter Bekannter von mir, mit dem's abwärtsgegangen ist«, sagte sie. Ich gab ihr mein Versprechen, und sie hat mich geküßt. Seither habe ich sie nicht mehr gesehen. – Das ist die Wahrheit, und der Polizei habe ich sie verschwiegen, weil ich nicht ahnte, in welcher Gefahr meine liebe Freundin schwebt. Nun wissen Sie alles.‹

So weit Miss Morrison, Watson, und für mich war's ein

helles Licht in finsterer Nacht, das kannst du dir vorstellen. Alles, was bisher zusammenhanglos in der Luft gehangen hatte, ordnete sich in einen Rahmen, und ich konnte mir den Ablauf des Geschehens ungefähr vorstellen. Jetzt galt es, den Mann zu finden, dessen Anblick Mrs. Barclay so stark erregt hatte. Wenn er noch in Aldershot war, durfte das nicht schwierig sein, denn allzu viele Zivilisten gab es nicht, und ein Krüppel fällt auf. Ich war heute den ganzen Tag hinter ihm her, und vorhin habe ich ihn gefunden. Henry Wood heißt der Mann, und er logiert in der Straße, wo die Damen ihm begegnet sind. Er ist erst seit fünf Tagen da. Ich gab mich als Registrationsbeamter aus und führte mit seiner Wirtin eine aufschlußreiche Unterhaltung. Der Mann ist von Beruf Schausteller und Schlangenbeschwörer und geht nach Einbruch der Dunkelheit durch die Kantinen und gibt kleine Vorführungen. In seiner Kiste trägt er ein Tier mit sich herum, das er bei seiner Arbeit braucht, wie die Wirtin sagt. Sie hat noch nie so etwas gesehen und findet's furchtbar. Es sei ein Wunder, daß ein Mensch mit solcher Verkrümmung überhaupt leben könne, sagte sie, und manchmal spreche er eine seltsame Sprache. Die letzten beiden Nächte habe er in seinem Zimmer gestöhnt und geweint. Was die Bezahlung angehe, nun, da sei er in Ordnung, aber beim erstenmal habe er ihr etwas gegeben was wie ein falscher Florin aussehe. Sie hat's mir gezeigt, Watson: es war eine indische Rupie.

So, mein Guter, jetzt weißt du, wo wir stehen und weshalb ich dich morgen dabei haben möchte. Es ist vollkommen klar, daß der Mann den beiden Damen von ferne folgte. Er hat den Streit zwischen Mann und Frau durch die Tür mit angesehen. Er lief hinzu, und das Tier, das er in einer Kiste bei sich hatte, entschlüpfte. Was dann in dem Zimmer geschehen ist, kann nur er uns sagen.«

»Und du willst ihn fragen.«

»Gewiß! Aber nur in Gegenwart eines Zeugen.«

»Und ich soll dieser Zeuge sein.«

»Richtig. – Kann er die Angelegenheit aufklären: gut. Weigert er sich, bleibt uns nichts anderes übrig, als einen Haftbefehl zu erwirken.«

»Woher willst du denn wissen, daß er noch da ist, wenn wir hinkommen?«

»Du nimmst doch wohl an, daß ich meine Vorsichtsmaßnahmen getroffen habe. Einer meiner Baker-Street-Jungen liegt auf der Lauer; er würde sich ihm wie eine Klette anhängen. Sei beruhigt, Watson: wir treffen ihn morgen in der Hudson Street an. Und wenn ich dich jetzt noch länger vom Zubettgehen abhielte, machte ich mich selber eines Verbrechens schuldig.«

Gegen Mittag trafen wir in Aldershot ein, und Holmes führte mich sogleich in die Hudson Street. Trotz seiner Fähigkeit, alle Gefühlsregungen zu verbergen, konnte ich ihm eine gewisse Erregung anmerken. Auch ich genoß den Reiz dieses halb sportlichen, halb intellektuellen Vergnügens.

»Hier ist es«, sagte er, als wir in eine stille Straße einbogen, die von unscheinbaren zweigeschossigen Ziegelhäusern gesäumt war. »Und da ist auch schon Simpson mit dem Rapport.«

»Er ist zu Hause, Mr. Holmes«, rief ein kleiner Straßenjunge und kam auf uns zugelaufen.

»Gut, Simpson«, sagte Holmes und tätschelte ihm den Kopf. »Komm, Watson. Wir sind am Ziel.« Er gab seine Karte ab und ließ ausrichten, er komme in einer dringenden Angelegenheit. Einen Augenblick später hatten wir den Mann vor uns, den wir suchten.

Trotz des warmen Wetters hockte er vor dem brennenden Kamin, und das kleine Zimmer war wie ein Ofen. Der Mann saß verdreht und verkrüppelt in einem Sessel, sein Gesicht war verhärmt und dunkelhäutig, mußte aber einst ausgesprochen schön gewesen sein. Aus gelb-unterlaufenen Augen sah er uns mißtrauisch an, und ohne etwas zu sagen oder aufzustehen, wies er auf zwei Stühle.

»Mr. Henry Wood aus Indien, nicht wahr?« sagte Holmes leutselig. »Ich komme wegen dieser kleinen Geschichte da – Colonel Barclays Tod.«

»Was habe ich damit zu schaffen?«

»Das möchte ich eben herausfinden. Sie wissen vermutlich, daß Mrs. Barclay – die ja eine alte Bekannte von Ihnen ist – aller Wahrscheinlichkeit nach des Mordes angeklagt werden wird.«

Der Mann schrak heftig zusammen.

»Ich weiß überhaupt nicht, wer Sie sind«, rief er, »und was Sie wissen – aber schwören Sie, daß das stimmt, was Sie da sagen?«

»Nun, man wartet nur darauf, daß sie zu sich kommt, um sie zu verhaften.«

»Mein Gott! – Sind Sie von der Polizei?«

»Nein.«

»Was geht's Sie dann an?«

»Recht und Gerechtigkeit gehen jeden an.«

»Sie können sich darauf verlassen, daß sie unschuldig ist.«

»Dann sind *Sie* also schuldig?«

»Nein, das bin ich nicht.«

»Und wer hat Colonel Barclay getötet?«

»Eine gerechte Vorsehung hat ihn getötet. – Aber halten Sie eins fest: wenn ich ihm den Schädel eingeschlagen hätte, was mein sehnlichster Wunsch war, dann hätt' er von meinen Händen nur bekommen, was ihm zustand. Hätte sein eigenes schlechtes Gewissen ihn nicht umgebracht, dann wären meine Hände jetzt wahrscheinlich mit seinem Blut befleckt. – Soll ich Ihnen die Geschichte erzählen? Na ja, warum nicht: ich habe mir nichts vorzuwerfen, brauch' mich nicht zu schämen.

Es war so, Sir. Jetzt hab' ich einen Rücken wie ein Kamel und geh' wie ein Affe. Aber es gab mal eine Zeit, da war Corporal Henry Wood der fescheste Kerl vom 117. Foot. Wir waren damals in Indien, in Kantonnements, sagen wir: in Bhurtee. Barclay war Sergeant in derselben Kompanie wie ich, und die Schöne des Regiments – aye, das hübscheste Mädchen der ganzen Welt – war Nancy Deboy, die Tochter des Colour-Sergeanten. Zwei Männer liebten sie, und sie liebte einen, und Sie werden lächeln, wenn Sie sich dieses armselige Würstchen am Feuer angucken und ich Ihnen sage, daß sie mich meines guten Aussehens wegen liebte.

Ja, ich besaß ihr Herz, aber ihr Vater hatte sich in den Kopf gesetzt, sie sollte Barclay heiraten. Ich war ein leichtsinniger Luftikus, und Barclay hatte Erziehung und all das und war auf dem besten Wege, Offizier zu werden. Aber das Mädchen hielt zu mir, und es sah doch ganz so aus, als würd' ich sie kriegen. Dann kam der Aufstand, und die Hölle war los.

Wir wurden in Bhurtee eingeschlossen, unser Regiment und eine halbe Batterie Artillerie und eine Kompanie Sikhs und ein Haufen Zivilisten und Frauensleute. Um uns 'rum waren zehntausend Rebellen, und die waren so blutdürstig wie eine Meute Terriers um einen Rattenkäfig. Die zweite Woche ungefähr ging unser Wasser zur Neige, und jetzt kam's drauf an, daß wir uns mit General Neills Kolonne in Verbindung setzten, die landeinwärts marschierte. Er war unsre einzige Chance, denn mit all den Frauen und Kindern konnten wir uns nicht durchschlagen. Da hab' ich mich freiwillig gemeldet; ich wollte losgehen und General Neill von unserer gefährlichen Lage unterrichten. Ich besprach alles mit Sergeant Barclay, der das Gelände besser kannte als jeder andere. Er zeichnete mir eine Skizze, wie ich am besten durch die Stellungen der Rebellen kam. Die Nacht um zehn ging ich los. Es waren tausend Menschenleben zu retten, aber ich dachte nur an eins, als ich in der Nacht über die Mauer kletterte.

Mein Weg führte einen ausgetrockneten Wasserlauf entlang, der mich der Sicht der feindlichen Posten entziehen sollte. Ja, und wie ich um die Biegung krieche, laufe ich sechsen in die Arme. Sie hockten da im Dunkeln und hatten auf mich gewartet. Ich kriegte eins über den Schädel und wurde an Händen und Füßen gefesselt. Der eigentliche Schlag aber ging nicht auf den Schädel, der ging ins Herz. Denn wie ich zu mir komme und ein bißchen was von dem verstehe, was sie da erzählen, da wußt' ich genug. Mein Kamerad, der Mann, der mir den Weg aufgezeichnet hatte, der hatte mich durch einen Eingeborenendiener an den Feind verraten.

Na ja, bei dem Teil brauch' ich nicht länger zu verweilen. Sie wissen jetzt, zu was James Barclay fähig war. Bhurtee wurde am nächsten Tag entsetzt, aber die Rebellen nahmen mich auf ihrem Rückzug mit, und es war manches lange Jahr, eh ich wieder ein weißes Gesicht zu sehen kriegte. Ich wurde gefoltert und versuchte auszureißen und wurde geschnappt und wieder gemartert. Sie können ja selber sehn, was dabei 'rauskam. Ein paar von denen, die nach Nepal flohen, nahmen mich mit, und danach war ich oben hinter Darjeeling. Die Bergbewohner brachten die Aufständischen um, die mich in den Klauen hatten, und ich wurde ihr Sklave, bis ich ausriß; aber anstatt nach Süden zu gehn, mußte ich nach Norden, bis ich bei den Afghanen war. Da bin ich so manches Jahr umhergewandert, und endlich kam ich wieder in den Pandschab, wo ich meistens unter den Eingeborenen lebte und mich mit Zaubertricks durchbrachte, die ich da und dort gelernt hatte. Ich war ein elender Krüppel – was sollte ich da nach England gehn oder zu meinen alten Kameraden? Dazu konnt' mich nicht mal mein Rachedurst bringen. Mir war's lieber, wenn Nancy und meine alten Kumpels dachten, Henry Wood wär mit geradem Rücken gestorben, als daß sie ihn lebendig und mit einem Stock 'rumkriechen sahen, als wär er'n Affe. Sie hielten mich für tot, und so sollt's bleiben. Ich hörte, daß Barclay die Nancy geheiratet hatte und im Regiment avanciert war, aber das konnt' mich auch nicht zum Reden bringen.

Ach ja, und wenn man alt wird, zieht's einen doch in die Heimat. Jahrelang hatte ich von den hellgrünen Wiesen und den Hecken Englands geträumt. Ich wollte sie noch einmal sehen, eh's zu spät war. Ich sparte mir die Überfahrt zusammen und bin dann hierher gekommen, wo die Soldaten sind. Die kenne ich, und ich weiß, was man ihnen bieten kann, und so verdiene ich genug, daß ich am Leben bleibe.«

Der Krüppel schwieg.

»Eine ungewöhnliche Geschichte«, sagte Sherlock Holmes. »Von Ihrem Zusammentreffen mit Mrs. Barclay und Ihrem gegenseitigen Erkennen habe ich bereits gehört. Sie sind ihr dann nachgegangen und haben den Streit zwischen ihrem Mann und ihr miterlebt. Vermutlich hat sie ihm sein Verhalten Ihnen gegenüber ins Gesicht geschleudert. Da ging's mit Ihnen durch, und Sie sind über den Rasen gelaufen und ins Zimmer gestürmt.«

»So war's, Sir. Und wie er mich sieht, da sah er aus, wie ich noch nie jemanden gesehen hab', und er fällt um und schlägt aufs Kamingitter. Aber er war schon tot, eh er hinschlug. Ich hab' den Tod ganz deutlich auf seinem Gesicht gesehn, so deutlich, wie ich eine Zeitung lesen kann. Mein bloßer Anblick schlug wie eine Kugel durch sein schuldbeladenes Herz.«

»Und dann?«

»Dann wurde Nancy ohnmächtig, und ich fing den Schlüssel aus ihrer Hand auf und wollte die Tür aufschließen und Hilfe holen, aber dabei dachte ich, daß ich doch besser die Finger davon lasse und verschwinde. Es konnt' ja übel für mich ausgehen. Auf alle Fälle kamen sie hinter mein Geheimnis, wenn sie mich schnappten. In der Eile hab' ich den Schlüssel eingesteckt und meinen Stock fallenlassen, während ich Teddy einfing, der die Gardine hochgeklettert war. Wie ich ihn in der Kiste hatte, von wo er ausgerissen war, machte ich mich aus dem Staube.«

»Und wer ist Teddy?« fragte Holmes.

Der Mann beugte sich über die Sessellehne und zog die Vorderseite eines Kastens auf, der in der Ecke stand. Ein hübsches, rötlich-braunes Geschöpf schlüpfte heraus, schlank und geschmeidig, mit den Läufen eines Hermelin, einer langen dünnen Nase und den schönsten roten Augen, die ich je an einem Tier gesehen hatte.

»Ein Mungo!« rief ich aus.

»Ja, manche nennen ihn so, und manche sagen Ichneumon dazu«, sagte der Mann. »Schlangenfresser nenn' ich sie, und Teddy ist erstaunlich flink mit Kobras. Ich hab' eine hier, ohne Giftzähne, und Teddy fängt sie jeden Abend in der Kantine, und die Leute haben ihren Spaß. – Noch was, Sir?«

»Nun, falls Mrs. Barclay in ernsthafte Schwierigkeiten geraten sollte, müßten wir uns vielleicht noch einmal an Sie wenden.«

»In dem Fall würd' ich mich natürlich stellen.«

»Wenn nicht – wozu dann noch einem Toten einen Skandal aufbürden, mag er sich auch hundsgemein benommen haben. Zumindest bleibt Ihnen die Genugtuung, daß ihn sein schlechtes Gewissen dreißig Jahre lang nicht in Ruhe gelassen hat. – Ah, da drüben geht Major Murphy. Leben Sie wohl, Wood! Ich möchte wissen, ob sich seit gestern etwas Neues ergeben hat.«

Kurz vor der Ecke holten wir den Major ein.

»Ach Holmes«, sagte er. »Haben Sie schon gehört, daß sich der ganze Wirbel in Wohlgefallen aufgelöst hat?«

»Nein. Wieso das?«

»Die Leichenschau ist gerade beendet. Die medizinische Untersuchung hat zweifelsfrei ergeben, daß ein Schlaganfall die Todesursache war. Sie sehen: trotz allem ein ganz einfacher Fall.«

»Ja, bemerkenswert nichtssagend«, meinte Holmes lächelnd.

»Komm, Watson. Ich glaube, in Aldershot werden wir nicht mehr gebraucht.«

Wir gingen zum Bahnhof.

»Ein Punkt ist mir nicht klar«, sagte ich unterwegs. »Wenn der eine James hieß und der andere Henry – wo kommt dann der ›David‹ her?«

»Siehst du: dieses eine Wort, mein guter Watson, hätte mir alles sagen müssen, wenn ich der ideale Denker wäre, als den du mich so gerne hinstellst. Es war – in diesem Zusammenhang – ein Schimpfwort.«

»Ein Schimpfwort? Ist doch nur ein Vorname.«

»Ja. Der biblische David hat etwas Ähnliches getan wie Sergeant James Barclay. Erinnerst du dich nicht der Affäre mit Uria und Bathseba? Nein? – Nun, meine Bibelkenntnisse sind ein bißchen eingerostet, fürchte ich, aber ich glaube, du findest das im ersten oder zweiten Buch Samuel.«

Die Brook-Street-Affäre

Als ich neulich die etwas willkürlichen Sammlungen von Fällen durchsah, in denen ich die Eigentümlichkeiten meines Freundes Sherlock Holmes darzustellen versucht habe, wurde mir klar, wie schwierig es ist, Beispiele herauszusuchen, die meiner Absicht in jeder Weise entsprechen. Denn gerade dort, wo Holmes eine *tour-de-force* analytischen Kombinierens vollbrachte, sind die Ereignisse oft geringfügig oder alltäglich. Andererseits kam es vor, daß er mit einem Problem kämpfte, das äußerst bemerkenswerte und dramatische Tatsachen aufwies, ihm weniger Gelegenheit gab, seine Kunst zu zeigen, als es mir, seinem Biographen, lieb ist. Man betrachte unter diesem Gesichtspunkt einmal den Fall, den ich in meinem ersten Buch ›Studie in Scharlachrot‹ dargestellt habe, und jenen anderen, der mit dem Untergang der *Gloria Scott** zusammenhängt. Es mag also sein, daß die Rolle meines Freundes in der Geschichte, die ich jetzt niederschreiben will, nicht sehr in den Vordergrund tritt, doch schien sie mir in sich selbst so interessant, daß ich sie in dieser neuen Sammlung nicht fehlen lassen wollte.

Es war ein schwüler, regnerischer Oktobertag. »Ungesundes Wetter, Watson«, sagte Holmes. »Aber der Abend hat eine leichte Abkühlung gebracht, und wir könnten vielleicht einen kleinen Streifzug durch London unternehmen. Was meinst du dazu?«

Ich war unseres Wohnzimmers überdrüssig und willigte freudig ein. So wanderten wir drei Stunden durch die Stadt, beobachteten das ständig sich verändernde Kaleidoskop des Lebens, wie es etwa über die Fleet Street und den ›Strand‹ wogte. Holmes' Unterhaltung, sein genaues Beobachten jeder

* Sir Arthur Conan Doyle, »Studie in Scharlachrot« und »Sherlock Holmes und sein erster Fall«

Einzelheit und seine scharfsinnigen Schlußfolgerungen, all dies fesselte und amüsierte mich.

Als wir gegen zehn Uhr wieder in die Baker Street kamen, stand eine Droschke vor der Haustür.

»Hm. Ein Arzt, wie ich feststelle. Noch nicht lange approbiert, hat aber reichlich zu tun. Will uns konsultieren, vermute ich. Da sind wir ja zur rechten Zeit zurückgekommen.«

Ich war mit Holmes' Methoden hinreichend vertraut, um seinen Gedankengängen folgen zu können. Art und Beschaffenheit der verschiedenen medizinischen Instrumente in dem Weidenkorb, der in der Droschke hing und im Schein der Laterne gut zu sehen war, hatten ihm die Unterlagen für seine schnelle Schlußfolgerung gegeben, und das Licht in unserm Fenster oben bewies, daß der späte Besuch tatsächlich uns galt. Was konnte einen Kollegen zu so vorgerückter Stunde zu uns führen? Mit einiger Neugier folgte ich Holmes in die Wohnung.

Ein bleicher Mann mit spitzem Gesicht und strohfarbenem Backenbart erhob sich bei unserem Eintreten aus dem Sessel am Kamin. Er war höchstens drei- oder vierunddreißig Jahre alt, aber sein müder Ausdruck und die ungesunde Farbe zeugten von einer schweren Jugend und einem anstrengenden, ja aufreibenden Leben. Nervös und scheu, mit einer schmalen weißen Hand, die er beim Aufstehen auf den Kaminsims legte, wirkte er wie ein Künstler. Aber sein Anzug war dunkel und schlicht: schwarzer Gehrock, schwarze Hose und eine leicht getönte Krawatte.

»Guten Abend, Herr Doktor«, sagte Holmes fröhlich. »Ich freue mich, daß Sie nicht lange zu warten brauchten.«

»Sie haben mit meinem Kutscher gesprochen?«

»Nein, ich seh's an der Kerze dort. Bitte, nehmen Sie wieder Platz und lassen Sie mich wissen, wie ich Ihnen helfen kann.«

»Ich bin Doktor Percy Trevelyan«, sagte unser Besucher, »und wohne Brook Street vierhundertdrei.«

»Sind Sie etwa der Autor jener Monographie über unerforschte Nerven-Erkrankungen?« fragte ich.

Seine blassen Wangen röteten sich vor Freude, als er vernahm, daß mir sein Werk bekannt war.

»Ich höre so selten etwas über meine Arbeit, daß ich sie für vergessen hielt«, sagte er. »Mein Verleger klagt über kümmerlichen Absatz. Demnach sind Sie Mediziner?«

»Pensionierter Militärarzt.«

»Die Nervenkrankheiten waren schon immer mein Steckenpferd. Ich würde mich gerne darauf spezialisieren, aber zuerst muß man natürlich nehmen, was sich gerade bietet.« Er wandte sich an Holmes. »Ich will Sie nicht mit Nebensächlichkeiten belästigen«, sagte er. »In meinem Haus in der Brook Street spielen sich seit kurzem seltsame Dinge ab, und heute abend *mußte* ich herkommen und Sie um Rat und Unterstützung bitten.«

Holmes setzte sich und zündete seine Pfeife an. »Beides steht Ihnen zur Verfügung«, sagte er. »Geben Sie mir bitte einen ausführlichen Überblick! Welche Umstände verwirren Sie?«

»Einige sind derart trivial«, sagte Dr. Trevelyan, »daß ich mich fast geniere, sie überhaupt zu erwähnen. Aber die ganze Angelegenheit ist so unerklärlich und die letzte Wendung so beunruhigend, daß ich alles vor Ihnen ausbreiten werde. Sie sollen selber urteilen, was wichtig ist und was nicht.

Zuerst muß ich Ihnen meinen Werdegang schildern. Ich habe die Londoner Universität absolviert. Hoffentlich halten Sie mich nicht für überheblich, wenn ich behaupte, daß mir die Professoren eine großartige Laufbahn prophezeiten. Nach dem Examen widmete ich mich, in einer untergeordneten Stellung am King's College Hospital, weiterhin der Forschung und hatte das Glück, mit meinen Untersuchungen über die Pathologie der Katalepsie beträchtliches Aufsehen zu erregen und schließlich den Bruce-Pinkerton-Preis mit Medaille zu gewinnen, und zwar durch meine Monographie über nervöse Erkrankungen, auf die Ihr Freund eben anspielte. Ich darf wiederholen, daß man mir eine glänzende Karriere vorhersagte.

Der eine große Hemmschuh aber war mein Mangel an Kapital. Sie werden verstehen, daß ein Spezialist, der etwas erreichen will, im Cavendish Square Viertel anfangen muß, wo enorme Mieten gefordert werden. Auch die Ausstattungskosten sind erheblich. Hinzu kommt, daß man sich einige Jahre lang ohne große Einnahmen am Leben erhalten und sich eine repräsentable Kutsche nebst Pferd leisten muß. All dies lag außerhalb meiner Möglichkeiten, und ich konnte nur hoffen, in zehn Jahren bei größter Sparsamkeit so viel zurückzulegen, daß es für eine Praxis reichen würde. Da eröffnete mir ein unerwarteter Zufall ganz neue Aussichten.

Eines Morgens besuchte mich ein mir unbekannter Herr namens Bessington in meinem Zimmer. Er machte keine Umschweife.

›Sind Sie Percy Trevelyan, der vielversprechende Mediziner, der kürzlich einen bedeutenden Preis gewonnen hat?‹ fragte er.

Ich verbeugte mich.

›Antworten Sie freimütig‹, fuhr er fort. ›Es wird Ihr Schaden nicht sein. Sie bringen die Voraussetzungen für einen erfolgreichen Mann mit. Besitzen Sie auch das nötige Feingefühl?‹

Über diese unvermittelte und ausgefallene Frage mußte ich lächeln.

›Ich bild's mir ein‹, sagte ich.

›Schlechte Angewohnheiten? Kein Trinker, wie?‹

›Das geht aber doch wohl zuweit‹, sagte ich.

›Ganz recht. Sehr richtig. Aber ich mußte diese Fragen stellen. – Weshalb haben Sie, bei Ihrer Qualifikation, keine Praxis?‹

Ich zuckte mit den Schultern.

›Kommen Sie schon‹, sagte er auf seine geschäftsmäßige Art. ›Die alte Geschichte: mehr im Kopf als in der Tasche, wie? Was würden Sie sagen, wenn ich Sie in der Brook Street etabliere?‹

Ich starrte ihn verwundert an.

›Oh, ich tät's nicht für Sie, sondern für mich‹, sagte er mit entwaffnender Offenheit. ›Ich habe ein paar Tausender zu investieren, sehen Sie, und das werde ich bei Ihnen tun, denke ich mir.‹

›Aber wie denn?‹ fragte ich, völlig verwirrt.

›Nun ja, es ist halt eine Spekulation, aber ich halte sie für sicherer als die meisten anderen.‹

›Was hätte ich zu tun?‹

›Werd' ich Ihnen sagen. Ich besorge das Haus, richte es ein, bezahle das Mädchen und schmeiß' den ganzen Laden. Ihre Aufgabe: Sie brauchen nur den Stuhl im Ordinationszimmer blankzuwetzen. Sie kriegen Taschengeld und alles. Dann führen Sie drei Viertel Ihrer Einnahmen an mich ab, und das letzte Viertel behalten Sie für sich.‹

Dieses seltsame Angebot hat mir besagter Blessington gemacht, Mr. Holmes. Ich werde Sie nicht damit langweilen, wie wir gehandelt und gefeilscht haben. Es endete damit, daß ich an Mariä Verkündigung einzog und unter ziemlich genau den Bedingungen zu praktizieren begann, die er vorgeschlagen hatte. Er zog als Logiergast und ständiger Patient zu mir. Sein Herz war nicht ganz in Ordnung, und er wünschte medizinische Überwachung. So richtete er sich die beiden Räume im ersten Stock als Wohn- und Schlafzimmer ein. Er ist ein sonderbarer Mensch; meidet jede Gesellschaft und geht selten aus dem Haus. Seine Lebensweise fällt also aus dem Rahmen – in einer Hinsicht jedoch ist er die Regelmäßigkeit in Person: jeden Abend zur selben Zeit kommt er ins Sprechzimmer, überprüft meine Bücher, zahlt mir Five und Threepence für jede Guinea aus, die ich eingenommen habe, und verstaut den Rest in einer Stahlkassette in seinem Zimmer.

Ich darf ohne Übertreibung sagen, daß er seine Spekulation nicht zu bereuen brauchte. Ich hatte von Anfang an Erfolg. Ein paar gute Fälle zu meiner Reputation, die ich mir im Hospital erworben hatte, und so ging's schnell aufwärts. In den letzten beiden Jahren habe ich ihn zu einem reichen Mann gemacht.

Vor einigen Wochen kam Mr. Blessington zu mir herunter und war ziemlich erregt. Er berichtete von einem nächtlichen Einbruch im West End. Für mein Gefühl übertrieb er etwas: er erklärte, wir müßten Fenster und Türen sofort mit stärkeren Riegeln versehen. Eine ganze Woche lang war er seltsam unruhig; ständig lugte er aus dem Fenster, und er ging auch nicht mehr spazieren, wie er's sonst vor dem Essen getan hatte. Er mußte große Angst vor jemandem oder etwas haben. Ich fragte ihn einmal, aber da wurde er so unwirsch und heftig, daß ich das Thema nicht mehr anschnitt. Allmählich schien sich seine Angst zu legen, und er nahm seine früheren Angewohnheiten wieder auf. Dann trat etwas ein, was ihn regelrecht umwarf.

Vor zwei Tagen erhielt ich einen Brief, den ich Ihnen vorlesen möchte. Er trägt weder Anschrift noch Datum. ›Ein russischer Edelmann, jetzt in England lebend‹, so heißt es hier, ›würde sich gerne des ärztlichen Beistandes von Dr. Percy Trevelyan versichern. Er ist seit mehreren Jahren das Opfer kataleptischer Anfälle, auf welchem Gebiet, wie wohlbekannt ist, Dr. Trevelyan eine Kapazität darstellt. Er schlägt eine Verabredung für morgen abend um Viertel nach sechs Uhr vor, falls Dr. Trevelyan es ermöglichen könnte, im Hause zu sein.‹

Dieser Brief interessierte mich ungemein, denn die Hauptschwierigkeit beim Studium der Katalepsie liegt in der Seltenheit dieser Krankheit. Ich war also in meinem Sprechzimmer, als der Diener zur verabredeten Zeit den Patienten hereinführte.

Ein älterer Mann erschien, dünn, gesetzt, gewöhnlich — ganz anders, als man sich einen russischen Edelmann vorstellt. Sein Begleiter war ein großer, erstaunlich gutaussehender junger Mann mit dunklem, grimmigem Gesicht und herkulischem Körperbau. Er stützte den anderen und half ihm auf einen Stuhl — mit einer Sanftheit, die man ihm nicht zugetraut hätte.

›Sie werden mein Kommen entschuldigen‹, sagte er zu mir. Er sprach mit einem leichten Lispeln. ›Dies ist mein Vater, und sein Wohlergehen liegt mir sehr am Herzen.‹ Die Fürsorge dieses Sohnes rührte mich. ›Vielleicht möchten Sie bei der Untersuchung anwesend sein?‹ fragte ich ihn.

›Um nichts in der Welt‹, rief er mit einer Geste des Entsetzens. ›Wenn ich meinen Vater in einem dieser furchtbaren Anfälle sehen müßte — ich bin überzeugt, ich würd's nicht ertragen. Ich bin ungewöhnlich empfindlich. Mit Ihrer Erlaubnis werde ich mich im Wartezimmer aufhalten, solange Sie meinen Vater untersuchen.‹

Ich habe selbstverständlich zugestimmt, und der junge Mann zog sich zurück. Ich widmete mich intensiv meinem Patienten und machte mir ausgiebig Notizen. Seine Intelligenz war nicht überragend, und seine Antworten blieben häufig ziemlich dunkel, was ich aber auf seine mangelhafte Beherrschung der Sprache zurückführte. Plötzlich reagierte er auf meine Fragen nicht mehr, und als ich vom Papier aufschaute, sah ich entsetzt, daß er kerzengerade auf seinem Stuhl saß und mich mit absolut unbewegtem Gesicht und leeren Augen anstarrte. Die mysteriöse Krankheit hatte ihn wieder gepackt.

Zuerst empfand ich Schreck und Mitleid. Dann aber, das muß ich zugeben, eine große professionelle Genugtuung. Ich notierte Puls und Temperatur, prüfte die Starre der Muskeln und untersuchte die Reflexe. In diesen Punkten war nichts nennenswert Abnormes festzustellen, alles stimmte mit meinen früheren Beobachtungen überein. Ich hatte in solchen Fällen mit dem Inhalieren von Amylnitrit gute Erfolge erzielt, und dieser hier schien mir eine großartige Gelegenheit, die heilsame Wirkung des Medikaments erneut auszuprobieren. Die Flasche befand sich unten in meinem Laboratorium, also ließ ich meinen Patienten sitzen und lief hinunter, um sie zu holen. Es dauerte etwas länger – sagen wir, fünf Minuten. Stellen Sie sich meine Verwunderung vor, als ich wieder ins Sprechzimmer kam; es war leer, der Patient verschwunden!

Natürlich bin ich gleich ins Wartezimmer gelaufen, aber der Sohn war auch nicht mehr da. Die Dielentür war nicht verschlossen. Mein Diener, der die Patienten einläßt, ist neu und recht langsam. Er wartet unten und kommt herauf, wenn ich läute, um die Patienten hinauszulassen. Er hatte nichts gehört, wie er sagte, und ich war ziemlich perplex. Kurz darauf kam Mr. Blessington von seinem Spaziergang zurück. Ich erzählte ihm nichts von dem Vorfall, weil – nun, ich halte mich in letzter Zeit so weit wie möglich vor ihm zurück, um die Wahrheit zu sagen.

Nun gut. Ich dachte, ich würde nie wieder etwas von dem Russen und seinem Sohn hören. Aber stellen Sie sich vor: heute abend kommen sie, Punkt Viertel nach sechs, beide ins Sprechzimmer marschiert!

›Ich muß mich wohl für mein plötzliches Verschwinden entschuldigen, Herr Doktor‹, sagt mein Patient.

›Etwas erstaunt war ich allerdings‹, sage ich.

›Die Sache ist die. Wenn ich mich von einem solchen Anfall erhole, sind meine Sinne umwölkt, was das Vorangegangene betrifft. Ich bin in einem fremden Raum erwacht, Sie waren nicht da, und so ging ich in einer Art von Betäubung auf die Straße.‹

›Und ich‹, sagt der Sohn, ›sah meinen Vater an der Wartezimmertür vorüberkommen und nahm natürlich an, die

Untersuchung sei beendet. Wie's wirklich war, wurde mir erst zu Hause allmählich klar.‹

Ich lache und sage: ›Na, außer daß ich mir den Kopf zerbrochen habe, ist ja nichts passiert. Wenn Sie also freundlicherweise ins Wartezimmer gehen wollen, Sir, werden wir die Konsultation fortsetzen.‹

Eine halbe Stunde ungefähr unterhielt ich mich mit dem alten Herrn über die Symptome seiner Krankheit. Dann verschrieb ich ihm etwas und sah ihn am Arm seines Sohnes heimgehen.

Ich habe ja schon erwähnt, daß Mr. Blessington um diese Tageszeit gewöhnlich einen kleinen Spaziergang macht. So auch heute. Etwas später kam er zurück und ging nach oben. Gleich darauf aber hörte ich ihn wieder auf der Treppe, und wie von Sinnen stürzte er ins Sprechzimmer. ›Wer ist in meinem Zimmer gewesen?‹ rief er.

›Niemand‹, sagte ich.

›Das ist gelogen! Kommen Sie 'rauf und sehen Sie sich's an!‹ Er schien vor Angst halb wahnsinnig zu sein, deshalb ließ ich ihm seine Grobheit durchgehen. Oben zeigte er mir mehrere Fußabdrücke auf dem hellen Teppich.

›Wollen Sie etwa behaupten, daß die von mir stammen?‹ rief er.

Er hat viel kleinere Füße, das stimmte. Die Spuren waren offensichtlich ganz frisch, und da es heute geregnet hat und außer meinem Patienten und seinem Sohn niemand dagewesen ist, mußte der Sohn aus irgendeinem Grund vom Wartezimmer in die Wohnung meines Logierpatienten hinaufgegangen sein, während ich mich mit dem Vater beschäftigte. Es fehlte nichts, und berührt war auch nichts, aber die Spuren ließen sich nicht wegleugnen.

So etwas ist beunruhigend, sicher, aber wie Mr. Blessington sich aufregte, das fand ich doch übertrieben. Er fiel in einen Sessel und hat tatsächlich geweint! Ich konnte ihn kaum dazu bringen, zusammenhängend zu reden. Schließlich hat er mich gebeten, Sie aufzusuchen. Mir scheint, er überschätzt die Bedeutung dieses Vorfalls, aber daß er ein wenig merkwürdig ist, muß ich zugeben. – Würden Sie in meiner Droschke mitkommen? Der Fall wird kaum zu enträtseln sein, aber Sie könnten Mr. Blessington vielleicht ein bißchen besänftigen.«

Sherlock Holmes hatte dem Bericht sehr intensiv gelauscht. Sein Gesicht wirkte zwar gelangweilt und teilnahmslos, doch ab und zu entquoll seiner Pfeife ein heftiges Rauchwölkchen, das seine angespannte Aufmerksamkeit verriet. Als der Arzt zum Schluß gekommen war, sprang Holmes wortlos auf, reichte mir meinen Hut, nahm seinen eigenen vom Tisch und folgte Dr. Trevelyan zur Tür. Eine gute Viertelstunde später hielten wir vor dem Wohnsitz des Doktors in der Brook Street, einem jener düsteren, gesichtslosen Häuser, die für eine West-End-Praxis typisch sind. Ein kleiner Diener ließ uns ein, und wir stiegen eine breite, teppichbelegte Treppe hinauf.

Plötzlich wurde oben das Licht ausgeblasen. Wir blieben verdutzt stehen. Aus dem Dunkel kam eine schnarrende, zittrige Stimme.

»Ich hab' eine Pistole!« rief jemand. »Wenn Ihr näher kommt, schieß' ich, da geb' ich euch mein Wort drauf!«

»Das geht aber wirklich zuweit, Mr. Blessington«, rief Doktor Trevelyan.

»Ach, Sie sind's, Doktor«, sagte der Mann mit einem Seufzer der Erleichterung. »Aber diese anderen Herren – sind die auch wirklich . . .«

Wir wurden aus dem Dunkel heraus fixiert, das merkten wir.

»Ja doch, ist in Ordnung«, sagte die Stimme endlich. »Sie können heraufkommen, und es tut mir leid, daß ich Sie mit meinen Vorsichtsmaßnahmen erschreckt habe.«

Das Treppenlicht wurde wieder angezündet, und wir hatten einen merkwürdigen Menschen vor uns. Er war fett, mußte früher aber noch fetter gewesen sein, denn seine Gesichtshaut hing in schlaffen Falten herab wie bei einem Bluthund. Er hatte eine kränkliche Hautfarbe, und seine schütteren sandfarbenen Haare schienen sich vor Aufregung zu sträuben. In der Hand hielt er eine Pistole, steckte sie jedoch ein, als wir näher kamen.

»Guten Abend, Mr. Holmes«, sagte er mit seiner krächzenden Stimme. »Ich danke Ihnen sehr, daß Sie gekommen sind. Noch nie hat jemand Ihren Rat so dringend gebraucht wie ich. Dr. Trevelyan hat Ihnen bestimmt erzählt, daß man höchst unverantwortlich in meine Wohnung eingedrungen ist?«

»Das hat er«, sagte Holmes. »Wer sind diese beiden Männer, Mr. Blessington? Und weshalb sind sie darauf aus, Sie zu belästigen?«

»Ja, wissen Sie –«, sagte der Patient mit einer gewissen Unsicherheit, »das ist natürlich schwer zu erklären. Darauf können Sie kaum eine Antwort von mir erwarten, Mr. Holmes.«

»Wollen Sie damit sagen, daß Sie's nicht wissen?«

»Kommen Sie hier herein, wenn ich bitten darf. Seien Sie so freundlich und treten Sie näher.«

Er führte uns in sein Schlafzimmer. Es war ein großer und gut eingerichteter Raum.

»Sehen Sie das?« sagte er und zeigte auf eine große schwarze Kiste am Ende des Bettes. »Ich bin nie sehr reich gewesen, Mr. Holmes – habe in meinem Leben nur eine einzige Anlage gemacht, wie Dr. Trevelyan Ihnen bestätigen kann. Aber ich halte nichts von Bankiers. Ich würde niemals einem Bankier trauen, Mr. Holmes. Unter uns gesagt: das Wenige, was ich besitze, ist in der Kiste dort; Sie verstehen also, was es für mich bedeutet, wenn sich unbekannte Personen gewaltsam Einlaß in meine Räume verschaffen.«

Holmes sah Blessington auf seine skeptische Art an und schüttelte den Kopf.

»Ich kann Sie unmöglich beraten, wenn Sie versuchen, mich zu täuschen«, sagte er.

»Aber ich habe Ihnen doch alles gesagt!«

Mit einer wegwerfenden Handbewegung drehte Holmes sich um. »Gute Nacht, Dr. Trevelyan«, sagte er.

»Und keinen Rat für mich?« rief Blessington mit brüchiger Stimme.

»Doch, mein Herr, diesen: die Wahrheit sagen.«

Eine Minute später waren wir auf der Straße und gingen heimwärts. Wir überquerten die Oxford Street und befanden uns bereits in der Harley Street, als mein Gefährte endlich den Mund aufmachte.

»Tut mir leid, daß ich dich auf einen solchen Irrgang mitgenommen habe«, sagte er. »Dabei ist's im Grunde ein ganz interessanter Fall.«

»Mir sagt er nicht viel«, bekannte ich.

»Wieso? Wir haben's doch offensichtlich mit zwei Männern zu tun, die diesem Blessington aus irgendeinem Grund an den Kragen wollen. – Vielleicht sind's auch mehr, zumindest aber zwei. – Für mich steht außer Zweifel, daß der junge Mann beim ersten und beim zweiten Male in Blessingtons Zimmer eingedrungen ist, während sein Komplice den Doktor unter einem Vorwand aus dem Wege hielt.«

»Aber die Katalepsie!«

»Gespielt, Watson. Was ich unserem Spezialisten allerdings lieber nicht sagen werde. Ein leicht zu simulierendes Leiden. Das mußt du doch am besten wissen.«

»Ja, natürlich. Aber dann?«

»Durch puren Zufall war Blessington beide Male nicht zu Hause. Die ungewöhnliche Besuchszeit haben sie gewählt, weil sie keinen anderen Patienten im Wartezimmer haben wollten. Es traf sich aber, daß dieser Zeitpunkt ausgerechnet mit Blessingtons Verdauungsspaziergang zusammenfiel – sie sind mit seiner Tageseinteilung also nicht allzu vertraut. Da nichts fehlte, nicht einmal etwas durchsucht wurde, ging es um den Mann selber. Außerdem lese ich's einem Menschen an den Augen ab, wenn er um seine Haut bangt. Ich kann mir nicht denken, daß sich dieser Bursche zwei derart eingefleischte Feinde gemacht haben sollte, wie sie's offenbar sind, ohne es zu wissen. Aus irgendeinem Grund verschweigt er's aber. Nun, vielleicht treffen wir ihn morgen in mitteilsamerer Verfassung an.«

»Gäb's da nicht noch eine Alternative?« warf ich ein. »Ist zwar sehr unwahrscheinlich, wie ich zugebe, aber doch möglich. Könnte die ganze Geschichte von dem kataleptischen Russen und seinem Sohn nicht eine Erfindung von Dr. Trevelyan sein, der zu irgendeinem Zweck in Blessingtons Zimmer war?«

Im Laternenschein sah ich, wie Holmes über meinen brillanten Deutungsversuch belustigt lächelte.

»Mein Guter«, sagte er, »diese Lösung kam mir als eine der ersten in den Sinn, aber ich konnte des Doktors Bericht bald bestätigen. Der junge Mann hat auf dem Treppenläufer Abdrücke hinterlassen, die alle Zweifel beseitigen, denn seine Schuhe sind vorne eckig, nicht spitz wie die von Blessington, und anderthalb Zoll länger als die des Doktors. – Aber laß uns eine Nacht darüber schlafen. Ich würde mich sehr wundern, wenn wir nicht morgen früh etwas Neues aus der Brook Street hörten.«

Sherlock Holmes' Vorhersage traf bald ein, und zwar recht dramatisch. Um halb acht am nächsten Morgen, beim ersten Tagesschimmer, stand er im Morgenrock an meinem Bett.

»Eine Droschke wartet auf uns, Watson«, sagte er.

»Was gibt's?«

»Die Brook-Street-Affäre.«

»Was Neues?«

»Sieh dir dies an«, sagte er und zog die Jalousie auf. »Eine Seite aus einem Notizblock, mit Bleistift gekritzelt: ›Um Himmels willen, kommen Sie sofort! P. T.‹ Unser Freund, der Doktor, war sehr unter Druck, als er das schrieb. Komm, Freund, es ist dringend.«

Wenig später standen wir wieder vor dem Haus des Arztes. Mit schreckerfülltem Gesicht kam er heraus.

»Ach, was für eine Geschichte!« rief er, die Hände an die Schläfen gepreßt.

»Nämlich?«

»Blessington hat Selbstmord begangen!«

Holmes pfiff vor sich hin.

»Ja, er hat sich heut' nacht erhängt.«

Wir traten ein, und der Doktor führte uns in einen Raum, der augenscheinlich als Wartezimmer diente.

»Ich weiß wirklich kaum noch, was ich tue«, sagte er verzweifelt. »Die Polizei ist schon oben. Es hat mich völlig durcheinandergebracht.«

»Wann haben Sie's gemerkt?«

»Er bekommt jeden Tag in der Frühe eine Tasse Tee. Als das Mädchen um sieben 'reinging, hing der unglückliche Kerl mitten im Zimmer. Er hat seinen Strick an dem Haken befestigt, an dem gewöhnlich die schwere Lampe hängt, und dann ist er von der Kiste gesprungen, die er uns gestern gezeigt hat.«

Holmes dachte einen Augenblick angestrengt nach.

»Mit Ihrer Erlaubnis«, sagte er schließlich, »möchte ich gern mal nach oben gehen und mir die Sache ansehen.« Zu dritt stiegen wir hinauf.

Als wir ins Schlafzimmer kamen, bot sich uns ein scheußlicher Anblick. Der Eindruck der Schlaffheit, den Blessington zu

Lebzeiten hervorgerufen hatte, wurde jetzt, da er am Haken herabhing, noch verstärkt und übertrieben, so daß der Verstorbene kaum mehr menschlich wirkte. Das Genick stach heraus wie das eines gerupften Hähnchens, wodurch der Rest noch fettleibiger und unnatürlicher erschien. Er war in sein langes Nachthemd gehüllt, und seine geschwollenen Knöchel und unbeholfenen Füße ragten nackt darunter hervor. Neben ihm stand ein gewitzt aussehender Polizeiinspektor, der sich Notizen machte.

»Ah, Mr. Holmes«, sagte er, als er meinen Freund bemerkte. »Freut mich, Sie zu sehen.«

»Guten Morgen, Lanner«, antwortete Holmes. »Hoffentlich halten Sie mich nicht für einen Eindringling. Haben Sie von den Ereignissen gehört, die zu diesem Ende führten?«

»Ja, ich hab' so einiges gehört.«

»Und haben Sie sich eine Meinung gebildet?«

»Soweit ich sehe, war der Mann vor Angst von Sinnen. Das Bett ist benutzt. Um fünf Uhr früh sind Selbstmorde am häufigsten, wissen Sie. Das mußte ungefähr die Zeit gewesen sein. Mir scheint, es war eine wohlüberlegte Handlung.«

»Der Starre seiner Muskeln nach zu urteilen, ist er etwa drei Stunden tot, würde ich meinen«, sagte ich.

»Irgend etwas Auffälliges im Zimmer bemerkt?« fragte Holmes.

»Ein Schraubenzieher und ein paar Schrauben auf dem Waschständer. Scheint die Nacht heftig geraucht zu haben. Hier sind vier Zigarrenreste, die ich aus dem Kamin geholt habe.«

»Hm«, sagte Holmes. »Haben Sie die Spitze?«

»Nein, ich hab' keine gesehn.«

»Sein Etui?«

»Ja, das war in seiner Rocktasche.«

Holmes öffnete es und beroch die eine Zigarre, die sich noch darin befand.

»Aha. Dies ist eine Havanna. Die anderen sind holländische aus Ostindien. Gewöhnlich sind sie in Stroh gewickelt und sehr dünn.« Er nahm die vier Reste auf und untersuchte sie mit Hilfe seiner Taschenlupe.

»Zwei sind aus einer Spitze geraucht worden«, sagte er. »Zwei wurden mit einem nicht sehr scharfen Messer abgeschnitten, zwei von ausgezeichneten Zähnen abgebissen. Dies ist kein Selbstmord, Mr. Lanner. Es ist ein von langer Hand vorbereiteter kaltblütiger Mord.«

»Unmöglich!« sagte der Inspektor.

»Und weshalb?«

»Wie sind Sie ins Haus gekommen?«

»Durch die Tür.«

»Die war heute früh verriegelt.«

»Dann ist sie hinter ihnen zugeriegelt worden.«

»Woher wollen Sie das wissen?«

»Ich habe ihre Spuren gesehen. Entschuldigen Sie mich einen Augenblick – vielleicht kann ich Ihnen weitere Hinweise geben.«

Er ging zur Tür und untersuchte das Schloß. Dann zog er den Schlüssel heraus, der von innen steckte, und betrachtete auch den. Das Bett, der Teppich, die Sessel, der Kaminsims, die Leiche und der Strick – alles wurde untersucht. Endlich schnitt er mit meiner und des Inspektors Hilfe den armen Kerl los und legte ihn unter eine Decke.

»Was ist das für ein Strick?« fragte Holmes.

»Der ist von dieser Rolle abgeschnitten worden«, sagte Dr. Trevelyan und holte sie unter dem Bett hervor. »Er hatte eine krankhafte Angst vor Feuer, und mit diesem Seil wollte er sich vom Fenster aus herablassen, falls die Treppe brannte.«

»Das muß ihnen gelegen gekommen sein«, sagte Holmes nachdenklich. »Na ja, die Tatsachen liegen auf der Hand, und heute nachmittag werde ich wohl auch die Gründe dafür angeben können. Ich nehme das Foto von Blessington hier mit; es könnte mir bei meinen Nachforschungen dienlich sein.«

»Aber Sie haben uns ja noch gar nichts erzählt«, sagte der Doktor.

»Die Sache ist doch klar«, meinte Holmes. »Es waren drei Personen beteiligt: der junge Mann, der alte Mann, und ein dritter, auf den ich keinen Hinweis habe. Die beiden ersten sind natürlich der angebliche russische Graf und dessen Sohn. Eingelassen wurden sie von einem Spießgesellen im Hause. Wenn ich Ihnen einen Tip geben darf, Inspektor: ich würde den Diener verhaften.«

»Der Bursche ist nicht aufzufinden«, sagte Dr. Trevelyan. »Das Mädchen und die Köchin haben ihn überall gesucht.«

Holmes zuckte mit den Schultern.

»Er hat in diesem Drama eine nicht unbedeutende Rolle gespielt«, sagte er. »Nachdem die drei Männer die Treppe hinaufgegangen waren, was sie auf Zehenspitzen taten, zuerst der alte Mann, dann der junge, zuletzt der Unbekannte ...«

»Aber Holmes!« sagte ich.

»Wieso? Über die Reihenfolge der Fußabdrücke besteht kein Zweifel. Ich hatte gestern abend Gelegenheit zu erfahren, welche zu wem gehören. – Sie stiegen also zu Mr. Blessingtons Zimmer hinauf, dessen Tür verschlossen war. Mit Hilfe eines Drahtes jedoch zwängten sie den Schlüssel herum. Auch ohne Lupe kann man an den Kratzern hier am Bart erkennen, wo sie ansetzten.

Als sie ins Zimmer kamen, müssen sie zuallererst Mr. Blessington geknebelt haben. Vielleicht hat er geschlafen, vielleicht war er vor Schreck so gelähmt, daß er nicht schreien konnte. Die Wände sind dick. Vielleicht hat ihn auch niemand gehört.

Mir ist völlig klar, daß eine Unterredung stattfand, als sie sich seiner bemächtigt hatten. Wahrscheinlich war es so etwas wie eine Gerichtsverhandlung. Sie muß eine geraume Weile gedauert haben, wie die Zigarren zeigen. Der ältere Mann saß in dem Korbsessel hier; er hat die Zigarrenspitze benutzt. Der jüngere Mann saß dort drüben; er hat seine Asche an der Kommode abgestreift. Der Komplice ist auf und ab gegangen. Blessington saß, glaube ich, aufrecht im Bett – aber das kann ich nicht mit letzter Gewißheit behaupten.

Nun, es endete damit, daß sie Blessington packten und henkten. Die Angelegenheit war gut vorbereitet, also nehme ich an, daß sie irgend etwas mitgebracht hatten, einen Block oder eine Rolle, was als Galgen dienen sollte. Mit den Schrauben und dem Schraubenzieher dort wollten sie wohl den Apparat anbringen, denke ich mir. Natürlich haben sie sich die Mühe gespart, als sie den Haken sahen.«

Wir alle lauschten mit großem Interesse dieser Schilderung der nächtlichen Vorgänge, die Holmes aus derart winzigen Anzeichen rekonstruiert hatte, daß wir ihm auch dann kaum in der Beweisführung folgen konnten, als er uns mit der Nase darauf stieß. Der Inspektor eilte fort, um Nachforschungen nach dem Diener anzustellen; Holmes und ich kehrten in die Baker Street zurück, um zu frühstücken.

»Ich bin um drei wieder da«, sagte er, als wir unsere Mahlzeit beendet hatten. »Der Inspektor und der Doktor kommen auch, und ich hoffe, bis dahin den Schleier zu lüften, der noch über dem Fall liegt.«

Unsere Besucher erschienen zur vereinbarten Zeit, aber Holmes traf erst gegen Viertel vor vier ein. Seinem Gesicht konnte ich ansehen, daß er die Lösung im Kopf hatte.

»Neuigkeiten, Inspektor?«

»Wir haben den Jungen, Sir.«

»Ausgezeichnet. Und ich habe die Männer.«

»Sie haben die Männer?«

»Nun ja, jedenfalls weiß ich, wer sie sind. Dieser sogenannte Blessington ist, wie ich erwartet hatte, im Präsidium wohlbekannt. Das gleiche gilt für seine Gegner. Sie heißen Biddle, Hayward und Moffat.«

»Die Worthingdon-Bank-Gang!« rief der Inspektor.

»Ganz recht«, sagte Holmes.

»Na, dann ist ja alles sonnenklar«, meinte der Inspektor. Trevelyan und ich sahen uns verwundert an.

»Die Worthingdon-Bank-Affäre ist doch bekannt«, erläuterte Holmes. »Es waren fünf Mann daran beteiligt: diese vier, dazu ein fünfter mit Namen Cartwright. Tobin, der Wächter, wurde ermordet, und die Räuber entkamen mit siebentausend Pfund. Das war 1875. Alle fünf wurden festgenommen, aber das Beweismaterial reichte nicht aus. Dieser Blessington, oder Sutton, der Schlimmste der Bande, begann zu singen. Auf seine Aussagen hin hat man Cartwright gehenkt, und die drei anderen bekamen je fünfzehn Jahre. Als sie vor kurzem herauskamen, ein paar Jahre vor der Zeit, spürten sie den Verräter auf, um den Tod ihres Kameraden zu rächen. Zweimal mißlang es ihnen. Beim dritten Male klappte es. Gibt's sonst noch etwas zu erklären, Dr. Trevelyan?«

»Ich glaube, Sie haben alles bewundernswert klar dargelegt«, sagte der Arzt. »Der Tag, an dem er so verstört war, muß also der gewesen sein, als er in der Zeitung von ihrer Entlassung las.«

»Richtig. Die Angst vor einem möglichen Diebstahl war bloß ein Vorwand.«

»Aber wieso hat er's Ihnen nicht erzählt?«

»Mein lieber Doktor, das ist schwer zu erklären. Vielleicht war es das unausrottbare Mißtrauen aller Verbrecher, vielleicht der Gedanke, ich würde keinen Finger für ihn rühren, wenn er sein schändliches Geheimnis enthüllte, vielleicht einfach blinde Angst und Vogel-Strauß-Politik. Nun, Inspektor, alles Weitere werden Sie wohl in die Wege leiten.«

Die drei Verbrecher wurden nie wieder gesehen. Aber Scotland Yard gibt der Vermutung Ausdruck, daß sie sich unter den Passagieren des Dampfers *Norah Creina* befanden, der an der portugiesischen Küste, etliche Seemeilen nördlich von Oporto, untergegangen ist.

Das Geheimabkommen

Der auf meine Heirat folgende Monat Juli war insofern bemerkenswert, als er drei interessante Fälle brachte, bei deren Aufklärung ich Sherlock Holmes assistieren durfte und die mir ein Studium seiner Methoden erlaubten. In meinen Aufzeichnungen sind sie unter den folgenden Titeln festgehalten: ›Der zweite Fleck‹, ›Das Geheimabkommen‹, und ›Der müde Kapitän‹. Im ersten geht es um Dinge von solcher Bedeutung und um so hervorragende Familien unseres Landes, daß er bis auf weiteres unmöglich veröffentlicht werden kann. Doch zeigt kein Fall, mit dem Holmes je zu tun hatte, so deutlich den Wert seiner analytischen Methoden oder hat die Beteiligten derart tief beeindruckt wie gerade dieser. Ich besitze noch die fast wörtliche Niederschrift eines Interviews, in dessen Verlauf er zwei Herren die wahren Tatsachen darlegte: Monsieur Dubuque von der Pariser Polizei und Fritz von Waldbaum, dem bekannten Spezialisten aus Danzig, die beide ihre Energie auf die Verfolgung falscher Fährten verschwendeten, wie sich herausstellte. Aber diese Geschichte kann erst im neuen Jahrhundert erzählt werden. Jetzt will ich die zweite berichten, der ebenfalls nationale Bedeutung zukommt und der verschiedene Umstände eine gewisse Einmaligkeit verleihen.

In der Schule war ich mit einem Jungen namens Percy Phelps eng befreundet, der, ungefähr gleichaltrig, mir um zwei Klassen voraus war. Dieser begabte Kerl heimste alle Preise ein, die die Schule zu vergeben hatte, und krönte seine Triumphe mit einem Stipendium für die Universität Cambridge, wo er gleichfalls glänzte. Er hatte, wie ich mich erinnere, die besten Beziehungen, und sogar damals wußte ich, daß Lord Holdhurst, der große konservative Politiker, der Bruder seiner Mutter war. Diese illustre Verwandtschaft half ihm in der Schule nicht viel. Im Gegenteil: es verlockte uns geradezu, ihn über den Spielplatz zu hetzen und mit einem Kricketstab sein

Schienbein zu treffen. Das änderte sich, als er in die Welt hinauszog. Ich hörte andeutungsweise, daß seine Fähigkeiten und die ihm zur Verfügung stehenden Beziehungen ihm eine gute Stellung im Auswärtigen Amt eingetragen hatten. Dann verlor ich ihn aus den Augen, bis mir der folgende Brief seine Existenz ins Gedächtnis zurückrief.

Briarbrae, Woking

Mein lieber Watson,
bestimmt kannst Du Dich noch an ›Kaulquappen‹-Phelps erinnern, der in der fünften Klasse saß, als Du in die dritte gingst. Vielleicht hast Du sogar gehört, daß ich durch Vermittlung meines Onkels einen guten Posten im Foreign Office bekam und eine Vertrauensstellung innehatte, bis ein schreckliches Mißgeschick meine Laufbahn beendete.

Es hat keinen Sinn, alle Einzelheiten dieses furchtbaren Ereignisses aufzuzählen. Solltest Du meiner Bitte nachkommen, werde ich sie Dir erzählen. Ich habe mich gerade erst von einer neunwöchigen Gehirnentzündung erholt und bin immer noch sehr schwach. Glaubst Du, daß Du Deinen Freund Holmes dazu bewegen kannst, mich zu besuchen? Mir wäre an seiner Beurteilung des Falles außerordentlich gelegen, obwohl man mir behördlicherseits versichert, daß nichts mehr getan werden kann. Bitte, versuche doch, ihn herzubringen, und zwar so bald wie möglich. Jede Minute kommt mir wie eine Stunde vor, solange ich diese entsetzliche Spannung ertragen muß. Versichere ihm, daß ich ihn nur deshalb nicht eher um seinen Rat gebeten habe, weil ich seit dem Schlag nicht ganz bei mir war. Jetzt sehe ich wieder klarer, wenn ich auch aus Angst vor einem Rückfall nicht zuviel an mein Mißgeschick zu denken wage. Ich bin noch immer so schwach, daß ich diesen Brief diktieren muß, wie Du siehst. Bitte, tue Dein möglichstes und bringe ihn her!

Dein alter Schulkamerad
Percy Phelps

Der Brief rührte mich. Die wiederholte Bitte um Holmes' Besuch verriet Verzweiflung. Aber ich hätte seinen Wunsch auch dann erfüllt, wenn es sich um einen fremden Menschen gehandelt hätte: wurde Sherlock Holmes um Hilfe gebeten, gab er sie bereitwillig. Er liebte seinen Beruf. Meine Frau war ebenfalls der Meinung, daß ich ihm die Angelegenheit sofort unterbreiten müsse, also spazierte ich kurz nach dem Frühstück zu den altvertrauten Räumen der Baker Street.

Holmes saß im Morgenrock an seinem kleinen Tisch und arbeitete eifrig an einer chemischen Untersuchung. Über der bläulichen Flamme eines Bunsenbrenners brodelte eine Flüssigkeit in einer großen gebogenen Retorte, und das Destillat tropfte in einen Zwei=Liter=Meßbecher. Mein Freund blickte kaum auf, als ich eintrat, deshalb setzte ich mich in einen Sessel und wartete. Mit einer gläsernen Pipette tauchte er in diese und jene Flasche, zog aus jeder ein paar Tropfen heraus und kam schließlich mit einem Reagenzglas zu mir. In der Rechten hielt er einen Streifen Lackmus=Papier.

»Du kommst in einer kritischen Situation, Watson«, sagte er. »Bleibt das Papier blau, ist alles in Ordnung. Färbt es sich rot, geht's um ein Menschenleben.« Er tauchte es in das Reagenzglas, und sofort verfärbte es sich zu einem schmutzigen Karmesinrot. »Hm. Hab' ich mir doch gedacht!« rief er aus. »Ich stehe dir gleich zur Verfügung, Watson. Tabak ist im persischen Pantoffel.« An seinem Schreibtisch schrieb er mehrere Depeschen, die er dem Diener aushändigte. Dann warf er sich mir gegenüber in einen Sessel und zog die Knie an, bis seine Hände sich über den langen dünnen Schienbeinen falteten.

»Ein ganz gewöhnlicher kleiner Mord«, sagte er. »Du hast bestimmt etwas Besseres, vermute ich. Du bist der Sturmvogel des Verbrechens, Watson. Nun, worum geht's?«

Ich reichte ihm den Brief. Er las ihn aufmerksam.

»Allzuviel sagt er nicht, wie?« bemerkte er, als er ihn mir zurückgab.

»Fast gar nichts.«

»Und doch ist die Schrift interessant.«

»Aber es ist nicht seine eigene.«

»Richtig. Es ist die einer Frau.«

»Eines Mannes!« sagte ich.

»Nein, einer Frau; und zwar einer Frau von außergewöhnlichem Charakter. Es ist schon allerhand, wenn man zu Beginn einer Nachforschung weiß, daß der Klient mit jemandem in enger Beziehung steht, der irgendwie aus dem Rahmen fällt. Mein Interesse an dem Fall ist geweckt. Wenn du bereit bist, brechen wir sogleich nach Woking auf und sehen uns deinen Diplomaten an, der sich in einer so üblen Lage befindet – und auch die Dame, der er seine Briefe diktiert.«

Wir hatten Glück und bekamen von Waterloo-Station aus einen frühen Zug, so daß wir eine knappe Stunde später die Tannenwälder und die Heide von Woking sahen. Briarbrae, so stellte sich heraus, war ein großes, für sich allein stehendes Haus auf einem ausgedehnten Grundstück, ein paar Minuten Fußweg vom Bahnhof entfernt. Als wir unsere Karten abgegeben hatten, wurden wir in einen vornehm eingerichteten Salon geführt, in den nach wenigen Minuten ein etwas untersetzter Mann trat, der uns mit großer Freundlichkeit empfing. Er mochte sich den Vierzigern nähern, doch waren seine Wangen so frisch und seine Augen so lustig, daß er den Eindruck eines kräftigen, stets zu Streichen aufgelegten jungen Burschen machte.

»Ich bin so froh, daß Sie gekommen sind«, sagte er und schüttelte uns überschwenglich die Hand. »Percy hat schon den ganzen Morgen nach Ihnen gefragt. Der gute Junge klammert sich an jeden Strohhalm. Seine Eltern haben mich gebeten, Sie zu empfangen, da die bloße Erwähnung der Angelegenheit sie schmerzt.«

»Wir wissen noch gar nicht, worum es sich überhaupt handelt«, bemerkte Holmes. »Ich vermute, Sie gehören nicht zur Familie?«

Unser Gastgeber blickte überrascht drein, schaute dann nach unten und lachte.

»Ach so! Sie haben das Monogramm J. H. auf meiner Weste gesehen«, sagte er. »Ich bin Joseph Harrison, und da Percy meine Schwester Annie heiratet, wird man von angeheirateter Verwandtschaft sprechen können. Meine Schwester ist in seinem Zimmer – sie hat ihn in den letzten beiden Monaten selbstlos gepflegt. Vielleicht gehen wir besser hinüber; ich weiß, wie ungeduldig er Sie erwartet.«

Der Raum, in den er uns führte, lag wie der Salon zu ebener Erde. Er war teils als Wohn- und teils als Schlafzimmer eingerichtet, und überall standen liebevoll arrangierte Blumen in Vasen. Ein kranker Mann ruhte, bleich und abgezehrt, auf einem Sofa in der Nähe des offenen Fensters, durch das der sommerliche Duft des Gartens hereinkam. Eine junge Frau erhob sich sofort, als wir eintraten.

»Soll ich gehn, Percy?« fragte sie.

Mit festem Griff hielt er sie zurück.

»Wie geht's dir, Watson?« sagte er freundschaftlich. »Mit dem Schnurrbart hätte ich dich nie erkannt. Das gleiche trifft wohl auf mich zu. – Das ist also dein berühmter Sherlock Holmes?«

Mit ein paar Worten stellte ich ihn vor, und wir setzten uns. Der gedrungene Mann hatte uns verlassen; seine Schwester blieb. Ihre Hand lag in der des Kranken. Sie war eine ungewöhnlich gut aussehende Person, ein wenig zu klein und rundlich vielleicht, aber mit einer wunderschönen olivfarbenen Haut, großen, dunklen, italienischen Augen und einer Flut tiefschwarzen Haars. Neben ihren kräftigen Farben wirkte das Gesicht des Patienten noch bleicher und abgehärmter.

»Ich werde Ihre Zeit nicht über Gebühr in Anspruch nehmen«, sagte Phelps und richtete sich auf dem Sofa auf. »Lassen Sie uns ohne Umschweife zum Thema kommen. Ich war glücklich und erfolgreich, Mr. Holmes, und wollte mich gerade verheiraten, da traf mich ein Schicksalsschlag und zerstörte alle meine Absichten.

Ich war, wie Watson Ihnen vielleicht erzählt hat, im Foreign Office. Durch den Einfluß meines Onkels, Lord Holdhurst, stieg ich schnell in eine verantwortungsvolle Position auf. Als mein Onkel in der jetzigen Regierung Außenminister wurde, übertrug er mir mehrere streng vertrauliche Missionen, und da ich sie alle zu einem erfolgreichen Abschluß brachte, setzte er schließlich sein volles Vertrauen in meine Fähigkeiten und meinen Takt.

Vor fast zehn Wochen – am dreiundzwanzigsten Mai, um genau zu sein – rief er mich in sein Privatkabinett. Nachdem er mich zu meinen Leistungen beglückwünscht hatte, machte er mir die Mitteilung, daß er wieder einen Auftrag für mich habe, der absolut geheimgehalten werden müsse.

›Dies‹, sagte er und nahm eine graue Papierrolle aus seiner Schublade, ›ist das Original des Geheimvertrags zwischen England und Italien, über den schon einige Gerüchte in die Presse gelangt sind, wie ich leider zugeben muß. Es ist ungeheuer wichtig, daß nichts weiter an die Öffentlichkeit dringt. Die französische oder die russische Botschaft würden beträchtliche Summen zahlen, um den Inhalt dieses Abkommens zu erfahren. Eigentlich dürften die Papiere mein Büro nicht verlassen, aber sie müssen unbedingt abgeschrieben werden. Du hast doch einen eigenen Schreibtisch im Büro?‹

›Ja.‹

›Dann nimm den Vertrag und schließ ihn dort ein. Ich werde veranlassen, daß du zurückbleibst, wenn die anderen gehen, so daß du ihn in Ruhe abschreiben kannst, ohne befürchten zu müssen, daß du dabei beobachtet wirst. Wenn du fertig bist, schließ das Original und die Abschrift in deinen Schreibtisch ein und gib sie mir morgen früh persönlich.‹

Ich nahm die Papiere und . . .«

»Einen Augenblick, bitte«, sagte Holmes. »Waren Sie während dieser Unterhaltung allein?«

»Vollkommen.«

»In einem großen Raum?«

»Dreißig Fuß in jeder Richtung.«

»In der Mitte?«

»Ja, ungefähr.«

»Und haben Sie leise gesprochen?«

»Mein Onkel spricht immer sehr leise. Ich selber habe kaum etwas gesagt.«

»Danke«, sagte Holmes und schloß die Augen. »Bitte, fahren Sie fort.«

»Ich tat, wie mir geheißen, und wartete, bis die anderen Angestellten gegangen waren. Einer in meinem Zimmer, Charles Gorot, hatte noch einige rückständige Arbeit zu erledigen, also ließ ich ihn das tun und ging in der Zeit zum Essen. Als ich wiederkam, war er weg. Ich hatte es eilig, denn ich wußte, daß Joseph – Mr. Harrison, den Sie eben kennengelernt haben – in der Stadt war und mit dem Elf-Uhr-Zug nach Woking fuhr, und den wollte ich möglichst noch erreichen.

Als ich den Vertrag näher betrachtete, sah ich sofort, daß mein Onkel keineswegs übertrieben hatte, als er von seiner großen Bedeutung sprach. Ohne in Einzelheiten zu gehen, darf ich sagen, daß er die Stellung Großbritanniens zur Triple Alliance fixierte und die Politik andeutete, die unser Land einschlagen würde, falls die französische Flotte im Mittelmeer eine absolute Überlegenheit über die italienische gewinnen sollte. Die behandelten Fragen waren marinetechnischer Art. Darunter befanden sich die Signaturen der hohen Beamten, die ihn unterzeichnet hatten. Ich überflog den Vertrag kurz und machte mich an die Arbeit.

Es war ein umfangreiches Dokument, auf Französisch abgefaßt, und enthielt sechsundzwanzig Artikel. Ich schrieb, so schnell ich konnte, aber um neun Uhr hatte ich erst neun Artikel fertig, und ich brauchte gar nicht mehr zu versuchen, meinen Zug noch zu erreichen. Ich war schläfrig und stumpf, teils vom Essen, teils von meinem langen Tagewerk. Eine Tasse Kaffee würde meinen Kopf erfrischen, dachte ich. In einer kleinen Portierloge am Fuß der Treppe hält sich die ganze Nacht ein Dienstmann auf, der für die Beamten, die Überstunden machen, auf seinem Spirituskocher Kaffee bereitet. Ich läutete, um ihn herbeizurufen.

Zu meiner Überraschung erschien eine Frau, eine große, grobgesichtige, ältere Person mit Schürze. Sie erklärte, sie sei die Frau des Dienstmannes und besorge das Reinemachen. Ich bestellte meinen Kaffee bei ihr.

Ich schrieb zwei weitere Artikel ab, und als ich dann noch müder wurde, stand ich auf und ging im Zimmer hin und her, um mir die Beine zu vertreten. Mein Kaffee war noch nicht gekommen, und ich fragte mich, weshalb es so lange dauerte. Ich verließ das Zimmer und ging den Korridor entlang, um mich zu erkundigen. Von dem Zimmer, in dem ich arbeitete, geht ein trübe beleuchteter Flur ab, der den einzigen Zugang darstellt. Er endet an einer gebogenen Treppe, und am Ende des Flurs unten befindet sich die Loge des Pförtners. Auf halbem Wege der Treppe ist ein kleiner Absatz, von dem ein zweiter Flur abgeht. Dieser führt, über eine kleine Treppe, zu einer Seitentür, die vom Dienstpersonal benutzt wird — aber auch als Abkürzung für Angestellte, die von der Charles Street kommen.

Ich zeichne es Ihnen ungefähr auf.«

»Danke«, sagte Holmes. »Ich glaube, ich kann Ihnen gut folgen.«

»Es ist sehr wichtig, daß Sie sich das deutlich vor Augen halten: ich bin die Treppe hinuntergegangen und in den unteren Flur, und der Dienstmann in der Portierloge war fest eingeschlafen; der Kessel brodelte wie wild auf dem Spirituskocher, und das Wasser lief über und spritzte auf den Boden. Ich streckte meine Hand aus und wollte den Mann gerade wachrütteln, da läutete eine Glocke über seinem Kopf ganz laut, und mit einem Ruck wurde er wach.

›Mr. Phelps, Sir!‹ sagte er und sah mich bestürzt an.

›Ich wollte mal nachsehn, was mein Kaffee macht.‹

›Ich hab' den Kessel aufgesetzt, da bin ich eingeschlafen, Sir.‹ Er sah mich an, und dann blickte er zu der noch schwingenden Glocke auf, und sein Gesicht zeigte immer größeres Erstaunen.

›Wenn Sie hier sind, wer hat'n da die Glocke geläutet?‹ fragte er.

›Die Glocke! Welche ist das?‹

›Das ist die Glocke von dem Zimmer, wo Sie drin arbeiten.‹

Eine kalte Hand schien sich um mein Herz zu krallen. Also war jemand in dem Zimmer, wo mein kostbarer Vertrag auf dem Tisch lag! Wie rasend bin ich die Treppe hinauf und den Flur entlanggelaufen. Im Korridor war niemand, Mr. Holmes, im Zimmer auch nicht, alles so, wie ich's zurückgelassen hatte! Nur die Papiere waren von meinem Schreibtisch verschwunden! Die Abschrift lag noch da, aber das Original war weg.«

Holmes richtete sich auf und rieb sich die Hände. Ich sah, daß dies ein Problem nach seinem Herzen war. »Wie haben Sie sich da verhalten, bitte?«

»Mir wurde sofort klar, daß der Dieb die Treppe von der Seitentür heraufgekommen sein mußte. Sonst wäre ich ihm ja begegnet.«

»Sind Sie sicher, daß er nicht die ganze Zeit im Zimmer versteckt gewesen ist oder im Korridor, den Sie als schlecht beleuchtet schildern?«

»Das ist völlig unmöglich. Nicht mal eine Ratte könnte sich im Zimmer oder im Korridor verstecken.«

»So so. Fahren Sie bitte fort.«

»Der Portier vom Dienst, der an meinem blassen Gesicht gesehen hatte, daß ein Unglück geschehen sein mußte, war mir nach oben gefolgt. Nun liefen wir den Korridor zurück und die steilen Stufen hinunter, die zur Charles Street führen.

Die Tür war zu, aber nicht abgeschlossen. Wir rissen sie auf und stürzten hinaus. Ich kann mich genau erinnern, daß in diesem Augenblick von einer benachbarten Kirche drei Glokkenschläge kamen. Es war Viertel vor zehn.«

»Das ist sehr wichtig«, sagte Holmes und machte sich eine Notiz auf seiner Manschette.

»Es war eine finstere Nacht; dünner, warmer Regen fiel. In der Charles Street war niemand, aber in Whitehall herrschte, wie üblich, reger Verkehr. Wir liefen barhäuptig zur Ecke, wo ein Polizist stand.

›Es ist eingebrochen worden‹, brachte ich keuchend hervor. ›Aus dem Foreign Office ist ein ungeheuer wichtiges Dokument gestohlen worden. Ist hier jemand vorbeigekommen?‹

›Ich stehe seit einer Viertelstunde hier, Sir‹, sagte er. ›In der Zeit ist nur eine Person durchgekommen, eine Frau, groß, schon älter, mit einem Paisley-Schal.‹

›Och, das ist bloß meine Alte‹, sagte der Portier vom Dienst. ›Sonst niemand?‹

›Niemand.‹

›Dann muß der Dieb in die andere Richtung gelaufen sein‹, sagte mein Mann und zog mich am Ärmel.

Aber ich gab mich nicht zufrieden, und daß der Kerl mich so eifrig wegziehen wollte, verstärkte meinen Verdacht.

›Wo ist die Frau hingegangen?‹ fragte ich.

›Das weiß ich nicht, Sir. Ich hab' sie vorbeigehen sehn, aber ich hatte keine besondere Veranlassung, sie zu beobachten. Sie schien's eilig zu haben.‹

›Wann war das?‹

›Na, vor'n paar Minuten.‹

›Vor fünf, etwa?‹

›Länger kann's nicht her sein.‹

›Sie vergeuden bloß Ihre Zeit, Sir, und jede Minute ist kostbar‹, rief der Portier. ›Mein Wort drauf, daß meine Alte nichts damit zu tun hat! Kommen Sie zur andern Ecke. – Na gut, wenn Sie nicht wollen, geh' ich allein!‹

Und schon eilte er in die entgegengesetzte Richtung.

Aber ich war sofort hinter ihm her und packte ihn am Ärmel.

›Wo wohnen Sie?‹ fragte ich.

›Ivy Lane 16, Brixton‹, antwortete er. ›Aber lassen Sie sich doch nicht auf eine falsche Fährte locken, Mr. Phelps. Kommen Sie zur andern Ecke mit, vielleicht hören wir da was.‹

Also liefen wir auf alle Fälle, der Polizist auch, zur Ecke. Aber die Straße war voller Verkehr, viele Menschen kamen und gingen, und alle wollten so schnell wie möglich ins Trokkene. Niemand stand herum, der uns hätte sagen können, wer vorübergegangen war.

Wir kehrten ins Außenministerium zurück und durchsuchten die Treppe und den Gang: ohne Ergebnis. Der Korridor, der zum Zimmer führte, war mit einem gewachsten Linoleum ausgelegt, auf dem sich jeder Tritt abzeichnet. Wir untersuchten es sorgfältig, fanden aber keine nassen Abdrücke.«

»Hatte es den ganzen Abend geregnet?«

»Ab sieben Uhr etwa.«

»Wie kommt's dann, daß die Frau, die gegen neun ins Zimmer kam, keine Spuren von ihren schmutzigen Stiefeln hinterließ?«

»Gut, daß Sie den Punkt anschneiden. Die Frage habe ich mir nämlich auch gestellt. Die Putzfrauen lassen ihre Schuhe in der Portierloge und ziehen Schlappen an.«

»Das erklärt's. Es waren also keine Abdrücke da, obwohl es draußen regnete? Bemerkenswert. Was haben Sie dann unternommen?«

»Wir haben das Zimmer untersucht. Von einer Geheimtür keine Spur, und die Fenster sind gut dreißig Fuß über der Erde. Beide waren von innen verschlossen. Der Teppich läßt keine Falltür zu, und die Decke ist von der üblichen geweißten Art. Ich wette meinen Kopf, daß der, der meine Papiere gestohlen hat, nur durch die Tür gekommen sein kann.«

»Wie steht's mit dem Kamin?«

»Keiner da. Nur ein Ofen. Die Glockenschnur hing gleich rechts von meinem Schreibtisch. Wer geläutet hat, muß unmittelbar am Schreibtisch gewesen sein. Aber weshalb sollte ein Verbrecher die Glocke läuten? Ein ganz und gar unlösbares Rätsel.«

»Auf jeden Fall ungewöhnlich. Und Ihre nächsten Schritte? Ich nehme an, daß Sie nachgesehen haben, ob der Eindringling irgendwelche Spuren hinterlassen hat – einen Zigarrenrest, einen Handschuh, eine Haarnadel oder irgendeine andere Kleinigkeit?«

»Es war nichts da.«

»Kein Geruch?«

»Nun, daran haben wir nicht gedacht.«

»Aha. Eine Spur Tabaksqualm wäre uns in einem solchen Fall von Wert gewesen.«

»Ich rauche nicht, also glaube ich, daß ich jeden Tabakgeruch wahrgenommen hätte. Es war absolut kein Anhaltspunkt vorhanden. Die einzig greifbare Tatsache ist die, daß die Frau des Portiers vom Dienst – Mrs. Tangey heißt sie – aus dem Haus geeilt war. Er konnte keine andere Erklärung geben, als daß sie immer um diese Zeit heimgehe. Der Polizist stimmte mit mir überein, es sei das beste, die Frau abzufangen, ehe sie sich der Papiere entledigen konnte – vorausgesetzt, daß sie sie hatte.

Mittlerweile war Scotland Yard alarmiert worden, und Mr. Forbes, der Detektiv, kam sofort herüber und ging mit aller Energie an den Fall heran. Wir mieteten eine Droschke, und eine halbe Stunde später waren wir bei der uns angegebenen Adresse. Eine junge Frau öffnete und gab sich als Mrs. Tangeys älteste Tochter zu erkennen. Ihre Mutter war noch nicht nach Hause gekommen, und sie lud uns ein, im Vorderzimmer auf sie zu warten. Etwa zehn Minuten darauf klopfte es an die Tür, und hier machten wir einen schweren Fehler, den ich mir zur Last lege. Statt selber die Tür zu öffnen, ließen wir das Mädchen hingehen. ›Mutter, zwei Männer warten auf dich‹, hörten wir, und eine Sekunde später war eiliges Fußgetrappel im Gang. Forbes riß die Tür auf, und beide liefen wir in das Hinterzimmer oder die Küche, aber die Frau war vor uns da. Sie starrte uns herausfordernd an. Plötzlich erkannte sie mich, und da zeigte ihr Gesicht einen Ausdruck grenzenlosen Erstaunens.

›Aber was, das ist ja Mr. Phelps vom Office!‹ rief sie.

›Kommen Sie schon – was haben Sie denn gedacht, wer wir wären, als Sie uns wegliefen?‹ fragte mein Begleiter. ›Ich dachte, Sie wären die Makler‹, sagte sie. ›Wir hatten Ärger mit einem Handwerker.‹

›Damit kommen Sie nicht weit‹, entgegnete Forbes. ›Wir haben allen Grund zu der Annahme, daß Sie ein wichtiges Papier aus dem Foreign Office mitgenommen haben und hierher gelaufen sind, um es zu verstecken. Sie müssen mit uns zum Yard kommen, wo Sie visitiert werden.‹ Sie protestierte und wehrte sich vergebens. Eine größere Droschke wurde geholt, und wir fuhren alle drei zurück. Vorher hatten wir die Küche untersucht, besonders den Herd, es waren aber weder Papierschnitzel noch verbrannte Reste zu finden. Im Scotland Yard wurde sie sogleich einer Beamtin zur Leibesvisitation übergeben. Ich wartete in fieberhafter Spannung auf das Ergebnis – keine Spur der Papiere.

Da wurde mir zum erstenmal das Entsetzliche meiner Lage mit ganzer Gewalt bewußt. Bisher hatte ich gehandelt, und das Handeln hatte mein Denken betäubt. Ich war so zuversichtlich gewesen, den Vertrag zurückzubekommen, daß ich an eine andere Möglichkeit gar nicht zu denken gewagt hatte. Jetzt aber hatte ich Muße, mir über meine Situation klarzuwerden. Es war furchtbar! Watson kann Ihnen erzählen, wie nervös und empfindsam ich in der Schule war. Das liegt nun mal in meiner Natur. Ich dachte an meinen Onkel und an seine Kollegen im Kabinett; an die Schande, die ich über ihn gebracht hatte, über mich, über alle, die mir nahestanden. Auch dann, wenn ich nur das Opfer eines unverschuldeten Zufalls war. Wo diplomatische Interessen auf dem Spiel stehn, wird auch bei Zufällen oder Unfällen keine Nachsicht geübt. Ich war ruiniert: schändlich, hoffnungslos ruiniert. Ich weiß nicht, was ich tat. Ich glaube, ich muß eine Szene gemacht haben. Ich erinnere mich schattenhaft an eine Gruppe von Beamten, die um mich herumstanden und sich Mühe gaben, mich zu beruhigen. Einer von ihnen fuhr mit mir zum Waterloo-Bahnhof und setzte mich in den Zug nach Woking. Ich glaube, er hätte mich bis nach Hause gebracht, wenn nicht Dr. Ferrier, der in der Nähe wohnt, im selben Zug gefahren wäre. Der Doktor nahm sich liebenswürdigerweise meiner an, und das war gut so, denn auf dem Bahnhof hatte ich einen Anfall, und als wir daheim ankamen, tobte ich wie ein Wahnsinniger.

Sie können sich die Situation hier vorstellen, als der Doktor mit seinem Läuten alle aus dem Bett holte und man mich in diesem Zustand sah. Meiner Mutter und der armen Annie hier brach fast das Herz. Dr. Ferrier hatte auf dem Bahnhof von dem Detektiv so viel gehört, daß er einen kurzen Überblick geben konnte, und sein Bericht trug nicht gerade zur Beruhigung bei. Allen war klar, daß mir ein langes Krankenlager bevorstand, also wurde Joseph aus diesem hübschen Schlafzimmer hinausbefördert, und man machte ein Krankenzimmer für mich daraus. Hier habe ich über neun Wochen gelegen, Mr. Holmes, bewußtlos und mitunter tobend. Ohne Miss Harrison und den Arzt würde ich jetzt nicht mit Ihnen sprechen. Sie hat mich tagsüber gepflegt, und nachts hat sich eine Krankenschwester um mich gekümmert, denn in meinen Anfällen war ich zu allem fähig. Langsam wurde mein Geist wieder klar, aber erst in den letzten drei Tagen ist das Gedächtnis ganz zurückgekehrt. Manchmal wünsche ich, ich hätt's für immer verloren. Als erstes schrieb ich an Mr. Forbes, in dessen Händen der Fall liegt. Er kam her und versicherte mir, daß man alles unternommen habe, ohne jedoch die Spur eines Anhaltspunktes zu entdecken. Der Portier und seine Frau sind auf jede nur mögliche Weise unter die Lupe genommen worden, aber die Angelegenheit blieb nach wie vor dunkel. Dann richtete sich der Verdacht der Polizei auf den jungen Gorot, der an jenem Abend Überstunden gemacht hatte, wie ich Ihnen erzählte. Sein Zurückbleiben und sein französischer Name waren eigentlich die beiden einzigen Verdachtsmomente — aber ich habe ja erst mit der Arbeit begonnen, als er schon weg war, und seine Familie ist zwar hugenottischer Herkunft, im Denken und Handeln jedoch so englisch wie Sie und ich. Nichts wurde gefunden, was ihn irgendwie in die Angelegenheit hätte hereinziehen können, also ließ man die Sache fallen. Ich wende mich an Sie, Mr. Holmes: Sie sind meine allerletzte Hoffnung. Wenn Sie mich im Stich lassen, sind meine Ehre und meine Stellung auf immer dahin.«

Der Kranke sank in seine Kissen zurück, erschöpft von diesem langen Bericht, während seine Pflegerin ihm ein Glas mit stimulierender Arznei einschenkte. Holmes saß mit zurückgeworfenem Kopf stumm da; seine Augen waren geschlossen. Ein Fremder hätte ihn für gleichgültig und uninteressiert halten können, aber ich wußte, daß er sich konzentrierte.

»Ihre Darstellung war so ausführlich«, sagte er endlich, »daß nur noch wenige Fragen offen bleiben. Eine jedoch ist von großer Wichtigkeit. Haben Sie irgend jemandem gesagt, daß Sie diese besondere Aufgabe zu erledigen hatten?«

»Nein, niemandem.«

»Auch nicht Miss Harrison hier, zum Beispiel?«

»Nein. Zwischen dem Erhalt des Auftrags und seiner Ausführung war ich nicht in Woking.«

»Und keiner aus Ihrer Familie hat Sie zufällig aufgesucht?«

»Keiner.«

»Kannte sich einer von ihnen im Amt aus?«

»Aber ja. Alle sind mal herumgeführt worden.«

»Wenn Sie aber niemandem etwas von dem Vertrag gesagt haben, kommen wir mit diesen Fragen nicht weiter.«

»Ich habe nichts gesagt.«

»Haben Sie etwas über den Portier in Erfahrung gebracht?«

»Nein. Nur, daß er ein alter Soldat ist.«

»Regiment?«

»Ach ja, das weiß ich: Coldstream Guards.«

»Danke. Mit Einzelheiten wird mir bestimmt Forbes aushelfen können. Beim Zusammentragen von Fakten tun sich die Behörden hervor, aber sie machen nicht immer den richtigen Gebrauch davon. – Wie schön doch so eine Rose ist!«

Er ging an der Couch vorüber zum offenen Fenster, hob den niederhängenden Zweig einer Moosrose auf und betrachtete die zarte Mischung von Karmesin und Grün. Für mich war dies ein neuer Zug seines Charakters: nie zuvor hatte ich bei ihm einen Sinn für die Schönheiten der Natur bemerkt.

»Nirgendwo ist konsequentes Folgern so notwendig wie in der Religion«, sagte er und lehnte sich mit dem Rücken an die Fensterläden. »Von einem Denker kann sie wie eine exakte Wissenschaft aufgebaut werden. Unsere größte Gewißheit über die Güte der Vorsehung scheint mir in diesen Blumen zu liegen. Alle anderen Dinge, unsere Kräfte, unsere Wünsche, unsere Nahrung, sind für unsere Existenz unumgänglich und primär notwendig. Aber diese Rose führt darüber hinaus. Ihr Duft und ihre Farbe sind eine Verschönerung des Lebens, keine Bedingung. Daher sage ich noch einmal, daß wir von den Blumen viel zu hoffen haben.«

Percy Phelps und seine Pflegerin sahen Holmes während dieses Vortrags erstaunt und nicht wenig enttäuscht an, wie man ihren Gesichtern entnehmen konnte. Er war, die Moosrose zwischen den Fingern, in Träumerei versunken. Es dauerte etliche Minuten, ehe die junge Dame das Schweigen brach.

»Sehen Sie irgendwelche Aussichten, dieses Rätsel zu lösen, Mr. Holmes?« fragte sie mit einer Spur von Schroffheit in der Stimme.

»Oh, das Rätsel!« sagte er und kam mit einem Ruck in die Wirklichkeit zurück. »Nun ja, der Fall ist recht verworren und kompliziert; es wäre absurd, das zu leugnen. Aber ich kann Ihnen versprechen, daß ich der Angelegenheit nachgehen und Sie unterrichten werde, sobald ich auf etwas stoße.«

»Sehen Sie irgendwelche Anhaltspunkte?«

»Sie haben mir sieben gegeben, aber ich muß ihnen natürlich erst nachgehen, ehe ich ihren Wert beurteilen kann.«

»Haben Sie jemanden im Verdacht?«

»Ich habe mich selber im Verdacht –«

»Wie?«

»– voreilig zu Schlußfolgerungen zu kommen.«

»Dann fahren Sie nach London und überprüfen Sie Ihre Schlußfolgerungen.«

»Ihr Vorschlag ist ganz ausgezeichnet, Miss Harrison«, sagte Holmes und stand auf. »Watson, ich glaube, etwas Besseres können wir gar nicht tun. Wiegen Sie sich nicht in falschen Hoffnungen, Mr. Phelps. Die Angelegenheit ist sehr verwickelt.«

»Ich erwarte Ihre Rückkehr mit großer Ungeduld«, sagte der Diplomat.

»Morgen mit dem gleichen Zug. Es ist allerdings durchaus möglich, daß mein Bericht negativ sein wird.«

»Gott segne Sie für das Versprechen, wiederzukommen«, sagte unser Klient. »Es gibt mir neuen Lebensmut, wenn ich weiß, daß etwas geschieht. Übrigens: Lord Holdhurst hat mir einen Brief geschrieben.«

»Ach! Und was sagt er?«

»Er war kühl, aber nicht schroff. Meine ernste Erkrankung dürfte das verhindert haben. Er wiederholte, daß die Angelegenheit von der allergrößten Wichtigkeit sei, und setzte hinzu, daß über meine Zukunft nicht entschieden werde – womit er natürlich meine Entlassung meint –, ehe meine Gesundheit wiederhergestellt und mir Gelegenheit gegeben sei, mein Mißgeschick wiedergutzumachen.«

»Nun, das ist doch sehr vernünftig und rücksichtsvoll«, sagte Holmes. »Komm, Watson, in der Stadt wartet ein gut Teil Arbeit auf uns.«

Mr. Joseph Harrison fuhr uns zum Bahnhof, und bald brausten wir in einem Portsmouth-Zug dahin. Holmes war tief in Gedanken versunken und machte kaum den Mund auf, bis wir Clapham Junction hinter uns hatten. »Es ist etwas recht Erfreuliches, auf diesen Strecken, die so hoch liegen und einem gestatten, auf die Häuser niederzublicken, nach London hineinzufahren.«

Ich dachte, er mache einen Scherz, denn der Anblick war alles andere als schön. Aber er klärte mich auf.

»Sieh dir diese großen isolierten Gebäudeklumpen an, die sich über die Schieferdächer erheben wie Backstein-Inseln in einem bleifarbenen Meer.«

»Die Schulen.«

»Leuchttürme, mein Junge! Feuerzeichen der Zukunft! Kapseln, deren jede Hunderte von hellen kleinen Samen enthält, aus denen das klügere, bessere England der Zukunft erwachsen wird. – Meinst du, daß Phelps trinkt?«

»Glaub' ich nicht.«

»Ich auch nicht. Aber wir müssen jede Möglichkeit in Betracht ziehen. Der arme Teufel hat sich ganz hübsch in die Nesseln gesetzt, und es ist fraglich, ob wir ihm heraushelfen können. Was hältst du von Miss Harrison?«

»Eine ausgeprägte Persönlichkeit.«

»Ja, aber ein guter Kerl, oder ich müßte mich sehr täuschen. Sie und ihr Bruder sind die einzigen Kinder eines Eisenhüttenbesitzers in Northumberland irgendwo. Phelps hat sich im letzten Winter mit ihr verlobt, als er auf Reisen war, und sie ist hergekommen, weil er sie seinen Eltern vorstellen wollte. Ihr Bruder spielte den Begleiter. Dann kam der Knall, und sie ist hiergeblieben, um ihren Liebsten zu pflegen. Ich habe ein paar Nachforschungen angestellt, wie du siehst. Wir werden heute noch ein paar weitere anstellen müssen.«

»Meine Praxis . . .«, begann ich.

»Oh, wenn dich deine Fälle mehr interessieren als meine –«, sagte Holmes kühl.

»Ich wollte doch nur sagen, daß meine Praxis ganz gut ein

oder zwei Tage ohne mich auskommen kann: Sauregurkenzeit.«

»Ausgezeichnet.« Seine gute Laune kehrte zurück. »Dann werden wir diese Sache gemeinsam in Angriff nehmen. Ich glaube, wir sollten mit einem Besuch bei Forbes beginnen. Der kann uns wahrscheinlich all die Einzelheiten mitteilen, die wir brauchen, bis wir wissen, von welcher Seite wir an den Fall herangehen müssen.«

»Du hast gesagt, du hättest einen Anhaltspunkt –«

»Nun ja, wir haben mehrere; aber wir können ihren Wert nur durch weitere Nachforschungen bestimmen. Am schwersten aufzuklären ist ein Verbrechen ohne Zweck. Dieses geschah keinesfalls ohne Zweck. Wer könnte davon profitieren? Der französische Botschafter, der russische Botschafter, darüberhinaus jeder, der das Dokument einem der beiden verkaufen will – und Lord Holdhurst.«

»Lord Holdhurst?«

»Warum nicht? Es wäre doch denkbar, daß ein Staatsmann sich in einer Lage befindet, wo es ihm nicht leid täte, wenn ein solches Dokument zufällig für immer verschwände.«

»Aber doch nicht ein so ehrenhafter Staatsmann wie Lord Holdhurst.«

»Es ist eine Möglichkeit, und wir können's uns nicht leisten, sie außer acht zu lassen. Wir werden den edlen Lord heute aufsuchen und herausfinden, ob er uns etwas sagen kann. Mittlerweile laufen die Nachforschungen bereits.«

»Schon?«

»Ja. Ich habe vom Bahnhof Woking aus an alle Abendzeitungen in London depeschiert. Diese Anzeige wird in jeder erscheinen.«

Er reichte mir ein Blatt aus seinem Notizbuch. Mit Bleistift war darauf geschrieben:

›Pfund 10 Belohnung. Für Angabe der Nummer der Droschke, die am Abend des 23. Mai einen Fahrgast vor oder nahe der Tür des Foreign Office in der Charles Street abgesetzt hat. Baker Street 221 B.‹

»Bist du überzeugt, daß der Dieb in einer Droschke gekommen ist?«

»Wenn nicht, schadet's auch nichts. Aber wenn's stimmt, was Mr. Phelps sagt: daß es weder im Zimmer noch auf dem

Korridor Versteckmöglichkeiten gibt, dann muß der Täter von draußen gekommen sein. Und wenn er an einem so nassen Abend von draußen gekommen ist und trotzdem keine feuchten Spuren auf dem Linoleum hinterlassen hat, das wenige Minuten danach untersucht wurde, dann ist es doch äußerst wahrscheinlich, daß er mit einer Droschke kam.«

»Klingt plausibel.«

»Das ist einer der Anhaltspunkte, die ich erwähnte. Er könnte uns weiterführen. Und dann haben wir natürlich die Glocke – das hervorstechendste Merkmal des Falles. Weshalb hat jemand geläutet? War's der Dieb – aus lauter Übermut? Oder jemand, der bei dem Diebstahl zugegen war und die Tat verhüten wollte? Oder war's Zufall? Oder, war's –« Er fiel wieder in den Zustand intensiven und stummen Nachdenkens zurück, aus dem er aufgetaucht war. Aber da ich mit jeder seiner Stimmungen vertraut war, wollte mir scheinen, als sei ihm plötzlich eine neue Möglichkeit eingefallen.

Es war zwanzig nach drei, als wir unseren Zielbahnhof erreichten, und nach einem schnellen Imbiß am Büfett machten wir uns auf den Weg nach Scotland Yard. Holmes hatte bereits telegrafiert, und Forbes erwartete uns: ein kleiner schlauer Mann mit einem spitzen, sehr unliebenswürdigen Gesichtsausdruck. Er verhielt sich uns gegenüber ausgesprochen reserviert, besonders als er hörte, aus welchem Grund wir gekommen waren.

»Ich habe schon von Ihren Methoden gehört, Mr. Holmes«, sagte er unfreundlich. »Sie sind nur zu gern bereit, alle Informationen zu verwenden, die die Polizei Ihnen liefert, und dann versuchen Sie, den Fall selber zu lösen und die Polizei in Mißkredit zu bringen.«

»Im Gegenteil«, sagte Holmes. »Nur in vier Fällen von den letzten dreiundfünfzig ist mein Name aufgetaucht – die übrigen neunundvierzig gingen allein auf das Konto der Polizei. Ich mach's Ihnen nicht zum Vorwurf, daß Sie das nicht wissen, denn Sie sind jung und unerfahren. Wenn Sie aber in Ihrem neuen Beruf vorwärtskommen wollen, werden Sie mit mir zusammenarbeiten, und nicht *gegen* mich.«

»Ich wär' Ihnen für den einen oder anderen Wink schon dankbar«, sagte der Detektiv und änderte sein Verhalten. »Mir hat der Fall bislang noch keine Ehren eingebracht.«

»Was für Schritte haben Sie unternommen?«

»Tangey, der Portier, ist beschattet worden. Er hat die Guards mit gutem Zeugnis verlassen, und wir können nichts gegen ihn finden. Aber seine Frau ist'n übles Subjekt. Ich schätze, die weiß mehr, als wie's aussieht.«

»Haben Sie sie beschattet?«

»Wir haben eine von unsern Frauen auf sie gesetzt. Mrs. Tangey trinkt, und unsre Frau ist zweimal mit ihr zusammengewesen, als sie blau war, aber sie konnt' nichts aus ihr 'rauskriegen.«

»Wie ich höre, hatte sie Handwerker im Hause?«

»Ja, aber die sind bezahlt worden.«

»Wo ist das Geld hergekommen?«

»Da war nichts faul dran: seine Pension war fällig. Keinerlei Anzeichen, daß sie gut bei Kasse sind.«

»Welche Erklärung hat sie dafür gegeben, daß *sie* gekommen ist, als Mr. Phelps geläutet hat und Kaffee haben wollte?«

»Sie hat gesagt, ihr Mann wär' sehr müde gewesen, und da wollt' sie's ihm abnehmen.«

»Nun ja, das würde damit übereinstimmen, daß man ihn wenig später auf seinem Stuhl eingeschlafen fand. Es spricht also nichts gegen die beiden, außer dem Charakter der Frau. Haben Sie nie gefragt, weshalb sie es so eilig hatte? Dem Polizisten ist ihre Eile aufgefallen.«

»Es war später als gewöhnlich, und sie hat heim wollen.«

»Haben Sie sie darauf hingewiesen, daß Sie mit Mr. Phelps mindestens zwanzig Minuten nach ihr losgefahren und trotzdem vor ihr angekommen sind?«

»Das erklärt sie mit dem Unterschied zwischen einem Bus und einer Droschke.«

»Hat sie gesagt, weshalb sie nach hinten in die Küche gelaufen ist, als sie zu Hause ankam?«

»Weil sie da das Geld hatte, mit dem sie die Handwerker bezahlen wollte.«

»Zumindest hat sie auf alles eine Antwort. Haben Sie sie gefragt, ob sie beim Weggehen jemandem begegnet ist oder auf der Charles Street jemanden hat herumlungern sehen?«

»Sie hat bloß den Polizisten gesehn.«

»Nun, Sie scheinen sie ja ordentlich ins Kreuzverhör genommen zu haben. Was haben Sie sonst noch unternommen?«

»Gorot, der Angestellte, ist die ganzen neun Wochen beschattet worden. Ohne Ergebnis. Wir haben nichts gegen ihn in der Hand.«

»Sonst noch was?«

»Nein. Andere Hinweise haben wir nicht – keinerlei Material.«

»Haben Sie sich eine Theorie gebildet, weshalb die Glocke geläutet hat?«

»Hm, ich muß zugeben: da komm' ich nicht mit. War aber auf jeden Fall ein eiskalter Bursche, hinzugehn und so Alarm zu schlagen.«

»Allerdings ziemlich ausgefallen. Vielen Dank für alles, was Sie mir berichtet haben. Wenn ich Ihnen den Mann in die Hände liefern kann, hören Sie von mir. Komm, Watson.«

»Wohin geht's jetzt?« fragte ich, als wir auf die Straße traten.

»Zu einer Unterredung mit Lord Holdhurst, dem Minister und künftigen Premier von England.«

Zum Glück hielt Lord Holdhurst sich noch in seinen Amtsräumen in der Downing Street auf, und nachdem Holmes seine Karte abgegeben hatte, wurden wir sogleich hinaufgeführt. Der Staatsmann empfing uns mit jener altmodischen Höflichkeit, für die er bekannt ist, und bot uns zwei luxuriöse Sessel beiderseits des Kamins an. Er selber stand auf dem Teppich zwischen uns: eine schlanke, hohe Gestalt mit einem scharfgeschnittenen, gedankenvollen Gesicht und vorzeitig ergrauten, welligen Haaren. Er schien den nicht eben allzu häufigen Typ des wahrhaft noblen Aristokraten zu repräsentieren.

»Ihr Name ist mir recht geläufig, Mr. Holmes«, sagte er lächelnd. »Und natürlich kann ich nicht vorgeben, über den Zweck Ihres Besuches im unklaren zu sein. In diesem Amt hat sich nur ein einziger Vorfall ereignet, der Ihre Aufmerksamkeit erregen könnte. Darf ich fragen, in wessen Interesse Sie handeln?«

»In dem von Mr. Percy Phelps«, antwortete Holmes.

»Ah, mein unglücklicher Neffe! Sie werden verstehen, daß es mir unsere verwandtschaftlichen Bindungen absolut unmöglich machen, ihn in irgendeiner Hinsicht in Schutz zu nehmen.

Ich fürchte, dieser Zwischenfall dürfte einen recht nachteiligen Einfluß auf seine Karriere haben.«

»Wenn aber das Dokument gefunden wird?«

»Das wäre natürlich etwas anderes.«

»Ich würde gern zwei oder drei Fragen an Sie richten, Mylord.«

»Sie sollen jede Auskunft bekommen, soweit es in meiner Macht steht.«

»Ist dies der Raum, in dem Sie den Auftrag zum Abschreiben des Dokuments gaben?«

»Ja.«

»Dann können Sie kaum belauscht worden sein?«

»Ausgeschlossen.«

»Haben Sie irgend jemandem gegenüber erwähnt, daß Sie die Absicht hatten, den Vertrag kopieren zu lassen?«

»Nein.«

»Sind Sie sicher?«

»Absolut.«

»Nun, da Sie nichts davon gesagt haben und Mr. Phelps auch nicht und niemand sonst etwas von der Sache wußte, war die Anwesenheit des Diebes im Zimmer rein zufällig. Er sah seine Chance und griff zu.«

Der Staatsmann lächelte. »Da bin ich überfragt«, sagte er.

Holmes überlegte einen Augenblick. »Dann hätten wir noch einen sehr wichtigen Punkt, den ich mit Ihnen besprechen möchte«, sagte er. »Sie fürchten, wie ich höre, daß ein Bekanntwerden der Einzelheiten dieses Geheimabkommens schwerwiegende Folgen haben könnte?«

Über das ausdrucksvolle Gesicht des Lords huschte ein Schatten. »Sehr schwerwiegende Folgen, allerdings.«

»Und sind sie eingetreten?«

»Noch nicht.«

»Wenn der Vertrag, sagen wir, das französische oder das russische Außenministerium erreicht hätte – wäre Ihnen das zu Ohren gekommen?«

»Das wäre es«, sagte Lord Holdhurst ernst.

»Seither sind annähernd zehn Wochen verstrichen, und Sie haben nichts gehört – könnte man da nicht auf den Gedanken kommen, daß der Vertrag aus irgendeinem Grunde den vorgesehenen Empfänger nicht erreicht hat?«

Lord Holdhurst zuckte mit den Schultern. »Es ist doch kaum denkbar, Mr. Holmes, daß der Dieb das Dokument entwendet hat, um es einzurahmen und an die Wand zu hängen.«

»Vielleicht hofft er, dadurch einen besseren Preis zu erzielen?«

»Wenn er noch eine Weile wartet, erzielt er überhaupt keinen. In einigen Monaten wird das Abkommen kein Geheimnis mehr sein.«

»Das ist höchst wichtig«, sagte Holmes. »Natürlich wäre auch die Annahme möglich, daß der Dieb von einer plötzlichen Krankheit heimgesucht wurde –«

»Einer Gehirnentzündung, zum Beispiel?« sagte der Staatsmann und warf ihm einen schnellen Blick zu.

»Das habe ich nicht gesagt«, erklärte Holmes ungerührt. »Und nun, Lord Holdhurst: wir haben Ihnen schon genug Ihrer kostbaren Zeit geraubt und dürfen Ihnen einen guten Tag wünschen.«

»Ihren Nachforschungen guten Erfolg – einerlei, wer der Täter sei«, antwortete der Edelmann, als er sich an der Tür mit einem leichten Kopfnicken von uns verabschiedete.

»Ein feiner Kerl«, sagte Holmes, als wir wieder auf dem Pflaster von Whitehall standen. »Aber er hat's nicht leicht. Er ist alles andere als reich und hat viele Verpflichtungen. Du hast natürlich bemerkt, daß seine Stiefel neu besohlt sind? – Und jetzt will ich dich nicht länger von deiner rechtmäßigen Arbeit abhalten, Watson. Ich werde heute nichts mehr unternehmen, es sei denn, daß sich jemand auf meine Droschkenanzeige meldet. Aber ich wäre dir sehr verpflichtet, wenn du morgen früh mit mir nach Woking fahren könntest, mit dem gleichen Zug wie heute.«

Am nächsten Morgen trafen wir uns verabredungsgemäß, und gemeinsam fuhren wir nach Woking hinaus. Die Anzeige war wirkungslos geblieben, wie er berichtete, und kein neues Licht war auf die Angelegenheit gefallen. Unser Klient befand sich noch immer in der Obhut seiner hingebungsvollen Pflegerin, aber er sah erheblich besser aus. Er erhob sich vom Sofa und begrüßte uns ohne Schwierigkeiten, als wir eintraten.

»Irgendwelche Neuigkeiten?« fragte er begierig.

»Wie erwartet: leider nein«, sagte Holmes. »Ich habe mit

Forbes und mit Ihrem Onkel gesprochen und zwei oder drei Nachforschungen in die Wege geleitet, die zu etwas führen könnten.«

»Sie haben's also noch nicht aufgegeben?«

»Aber nicht im mindesten.«

»Gott segne Sie!« rief Miss Harrison. »Wenn wir Geduld haben und guten Mutes bleiben, muß die Wahrheit an den Tag kommen.«

»Wir haben Ihnen mehr zu erzählen als Sie uns«, sagte Phelps und ließ sich wieder auf dem Sofa nieder.

»Das hoffte ich.«

»Ja, wir haben heute nacht ein Abenteuer erlebt, und zwar eins, das sehr ernst hätte werden können.« Er wurde nachdenklich, und in seine Augen kam etwas wie Angst. »Wissen Sie«, sagte er, »allmählich bilde ich mir ein, im Mittelpunkt irgendeiner ungeheuren Verschwörung zu stehen. Und man hat es nicht nur auf meine Ehre abgesehen, sondern auch auf mein Leben.«

»Holla!« rief Holmes.

»Es klingt unglaubwürdig, denn soviel ich weiß, habe ich auf der ganzen Welt keinen einzigen Feind. Und doch lassen die Erfahrungen der vergangenen Nacht keinen anderen Schluß zu.«

»Bitte, erzählen Sie!«

»Sie müssen wissen, daß ich heute nacht zum erstenmal ohne eine Schwester im Zimmer geschlafen habe. Ich fühlte mich viel besser und glaubte, allein auskommen zu können. Immerhin brannte ein Nachtlicht. Nun, gegen zwei Uhr früh etwa war ich in leichten Schlaf gesunken und wurde plötzlich von einem leisen Geräusch geweckt. Es war ein Geräusch, wie's eine Maus macht, die an einem Brett nagt, und ich habe einige Zeit zugehört und gedacht, daß es daher käme. Dann wurde es lauter, und auf einmal kam vom Fenster ein scharfes metallisches Klicken. Ich setzte mich verwundert auf. Jetzt gab es keinen Zweifel, woher die Geräusche kamen. Die schwachen waren dadurch verursacht worden, daß jemand ein Instrument durch den Spalt zwischen den Fensterrahmen gebohrt hatte, und die anderen entstanden durch das Zurückdrücken des Griffs. Dann folgte eine Pause von ungefähr zehn Minuten, so, als warte der da draußen ab, ob ich von dem Geräusch aufgewacht war. Endlich hörte ich ein sanftes Knacken, als das Fenster ganz behutsam geöffnet wurde. Ich hielt's nicht mehr aus – meine Nerven haben sehr gelitten. Kurz, ich sprang aus dem Bett und riß die Läden auf. Ein Mann hockte am Fenster. Ich konnte wenig von ihm sehen, denn er war wie der Blitz verschwunden. Er hatte sich in eine Art von Umhang gehüllt, der die untere Hälfte seines Gesichts verdeckte. Nur in einem einzigen Punkt bin ich sicher: er hielt irgendeine Waffe in der Hand. Mir kam's vor wie ein langes Messer. Ich habe deutlich das Glitzern gesehen, als er kehrtmachte und weglief.«

»Das ist ja äußerst interessant«, sagte Holmes. »Was weiter, bitte?«

»Ich wäre ihm durchs offene Fenster gefolgt, aber ich bin noch nicht wieder ganz bei Kräften. So habe ich geläutet, um das Haus zu wecken. Das dauerte geraume Zeit, denn die Glocke läutet in der Küche, und die Dienstboten schlafen oben. Ich habe gerufen, da kam Joseph herunter, und der hat dann die anderen geweckt. Joseph und der Stallknecht fanden Fußabdrücke auf dem Blumenbeet vor dem Fenster, aber in der letzten Zeit ist's so trocken gewesen, daß sie die Spuren auf dem Rasen nicht verfolgen konnten. Am Zaun jedoch, der sich an der Straße hinzieht, sieht es an einer Stelle so aus, als wäre da jemand hinübergestiegen und hätte dabei die oberste Latte angeknackst. So erzählten sie. Ich habe der Polizei noch nichts gemeldet, weil ich's für das beste hielt, erst Ihre Meinung zu hören.«

Diese Schilderung unseres Klienten schien Sherlock Holmes stark zu beeindrucken. Er stand auf und ging erregt im Zimmer umher.

»Ein Unglück kommt selten allein«, sagte Phelps und lächelte, obwohl man sah, daß ihn das Abenteuer ziemlich mitgenommen hatte.

»Sie haben Ihr Teil gehabt, kann man wohl behaupten«, sagte Holmes. »Meinen Sie, Sie könnten mit mir einen Gang ums Haus machen?«

»Aber ja. Ein bißchen Sonne täte mir gut. Joseph kommt auch mit.«

»Und ich auch«, sagte Miss Harrison.

»Ich fürchte, nein«, sagte Holmes und schüttelte den Kopf.

»Ich muß Sie bitten, genau auf diesem Platz dort sitzen zu bleiben.«

Ein wenig mißmutig setzte sich die junge Dame wieder hin. Ihr Bruder jedoch kam mit, und zu viert gingen wir in den Garten und über den Rasen zum Fenster des Diplomaten. Wie er gesagt hatte, waren Abdrücke auf dem Blumenbeet, aber hoffnungslos verwischt und undeutlich. Holmes bückte sich kurz, richtete sich aber gleich wieder auf und zuckte mit den Schultern.

»Damit dürfte niemand etwas anfangen können«, sagte er. »Und jetzt wollen wir ums Haus herumgehen und sehen, weshalb der Einbrecher ausgerechnet dieses Zimmer gewählt hat. Man sollte doch meinen, daß die größeren Fenster des Wohn- und Speisezimmers viel einladender wären.«

»Die sind von der Straße aus besser zu sehen«, wandte Joseph Harrison ein.

»Ah ja, natürlich. — Hier haben wir eine Tür, an der er sein Glück hätte versuchen können. Wozu dient sie?«

»Als Lieferanteneingang. Nachts ist sie abgeschlossen.«

»Ist früher schon einmal eingebrochen worden?«

»Nein, noch nie«, sagte unser Klient.

»Ist irgend etwas Wertvolles im Hause, das Einbrecher reizen könnte?«

»Nein.«

Holmes schlenderte ums Haus; er hatte beide Hände in den Taschen und gab sich so lässig, wie ich's an ihm gewöhnt war.

»Ach ja«, sagte er zu Mr. Harrison. »Ich höre, Sie haben eine Stelle gefunden, wo der Eindringling über den Zaun geklettert ist. Die wollen wir uns doch einmal ansehen.« Der junge Mann führte uns zu einer Stelle, wo die oberste Zaunlatte angebrochen war. Ein kleiner Holzspan hing herab. Holmes löste ihn und untersuchte ihn kritisch. »Meinen Sie, das ist heute nacht geschehen? Sieht aber doch ziemlich alt aus, wie?«

»Kann auch sein.«

»Auf der anderen Seite zeigt nichts, daß dort jemand abgesprungen ist. Nein, ich schätze, hier werden wir keine Hilfe finden. Wir wollen die Angelegenheit im Schlafzimmer besprechen.«

Percy Phelps ging sehr langsam, auf den Arm seines zukünftigen Schwagers gestützt, Holmes hingegen eilte über den Rasen, so daß wir lange vor den anderen im offenen Schlafzimmer eintrafen.

»Miss Harrison«, sagte Holmes eindringlich, »Sie müssen den ganzen Tag da bleiben, wo Sie sind. Lassen Sie sich durch nichts davon abhalten. Es ist ungeheuer wichtig.«

»Gewiß, Mr. Holmes, wenn Sie es wünschen«, sagte das Mädchen verwundert.

»Wenn Sie zu Bett gehen, schließen Sie die Tür des Zimmers von außen ab und nehmen Sie den Schlüssel mit. Versprechen Sie mir das.«

»Und Percy?«

»Der fährt mit uns nach London.«

»Und ich soll hierbleiben?«

»Es ist zu seinem Guten. Sie können ihm helfen! Schnell! Versprechen Sie's!«

Sie nickte zustimmend, da kamen die beiden anderen auch schon an.

»Warum sitzt du da und bläst Trübsal, Annie?« rief ihr Bruder. »Komm 'raus in die Sonne!«

»Nein, danke, Joseph. Ich hab' ein bißchen Kopfschmerzen, und hier drin ist's so schön kühl und angenehm.«

»Was schlagen Sie jetzt vor, Mr. Holmes?« fragte unser Klient.

»Nun, wir dürfen über der Untersuchung dieser kleineren Sache unser Hauptproblem nicht aus den Augen verlieren. Es wäre mir eine große Hilfe, wenn Sie mit uns nach London kommen könnten.«

»Gleich?«

»Sobald es Ihnen recht ist. Sagen wir, in einer Stunde.«

»Ich fühle mich kräftig genug, wenn ich wirklich von Nutzen sein kann.«

»Unbedingt.«

»Vielleicht sollte ich die Nacht dort bleiben?«

»Das wollte ich gerade vorschlagen.«

»Wenn dann mein nächtlicher Freund wieder zu Besuch kommt, wird er den Vogel ausgeflogen finden. Wir sind alle in Ihrer Hand, Mr. Holmes, und Sie müssen uns genau sagen, was wir zu tun haben. Vielleicht wäre es Ihnen lieb, wenn Joseph mitkäme, damit er sich um mich kümmern kann?«

»Aber nein. Unser Freund Watson ist ja Mediziner und wird Sie betreuen. Wir wollen hier essen, wenn Sie gestatten, und uns dann alle drei auf den Weg in die Stadt machen.«

Es geschah, wie er vorgeschlagen hatte; allerdings entschuldigte sich Miss Harrison und blieb im Schlafzimmer. Was mein Freund mit seinen Vorkehrungen bezweckte, war mir nicht klar, es sei denn, er wollte die junge Dame von Phelps fern halten, der von seiner wiederkehrenden Gesundheit und der Aussicht auf aktives Handeln beflügelt schien und mit uns im Speisezimmer aß. Aber Holmes hatte eine noch rätselhaftere Überraschung für uns, denn als er uns zum Bahnhof begleitet und zu unserem Abteil geführt hatte, verkündete er ruhig, daß er nicht die Absicht habe, Woking zu verlassen.

»Ich möchte noch zwei oder drei kleine Punkte aufklären«, sagte er. »Und Ihre Abwesenheit, Mr. Phelps, ist mir dabei nicht ganz ohne Nutzen. Watson, du tätest mir einen Gefallen, wenn du in London mit unserm Freund sofort zur Baker Street führest und bei ihm bliebst, bis ich komme. Zum Glück seid Ihr alte Schulfreunde, so daß ihr euch allerhand zu erzählen haben werdet. Mr. Phelps kann das Gastzimmer für die Nacht haben, und zum Frühstück bin ich bei euch: es fährt ein Zug, mit dem ich um acht in Waterloo bin.«

»Aber was ist mit unseren Nachforschungen in London?« fragte Phelps kläglich.

»Die haben Zeit bis morgen. Im Augenblick kann ich hier mehr erreichen.«

»Sie können in Briarbrae sagen, ich hoffe, morgen abend wieder zurück zu sein«, rief Phelps, als der Zug sich in Bewegung setzte.

»Ich werde kaum nach Briarbrae gehen«, entgegnete Holmes und winkte uns fröhlich zu, als wir aus dem Bahnhof fuhren.

Phelps und ich erörterten diese neue Entwicklung während der Fahrt, doch keiner fand eine befriedigende Erklärung.

»Ich vermute, er sucht irgendeinen Hinweis auf den Einbruch der letzten Nacht – wenn es ein Einbruch war. Ich persönlich glaube nicht, daß es sich um einen gewöhnlichen Dieb handelt.«

»Was war's denn, deiner Meinung nach?«

»Meinetwegen kannst du's auf meine schwachen Nerven

schieben, aber ich bin davon überzeugt, daß um mich herum eine hochpolitische Intrige gesponnen wird und daß die Verschwörer es aus einem mir unerfindlichen Grund auf mein Leben abgesehen haben. Es klingt übertrieben und absurd, ich weiß, aber bedenke doch einmal die Fakten! Weshalb sollte ein Dieb versuchen, in ein Schlafzimmer einzubrechen, wo keine Aussicht auf Beute besteht, und weshalb kommt er mit einem langen Messer in der Hand?«

»Bist du sicher, daß es kein Brecheisen war?«

»Aber nein, es war ein Messer. Ich habe ganz deutlich das Blitzen der Klinge gesehen.«

»Weshalb, um alles in der Welt, sollte dir denn jemand nach dem Leben trachten?«

»Das ist ja gerade die Frage!«

»Nun, wenn Holmes derselben Ansicht ist, könnte das seine Handlungsweise erklären, nicht? Angenommen, daß deine Theorie stimmt: wenn er den Kerl erwischt, der dir in der letzten Nacht an den Kragen wollte, dann wäre er auf dem besten Wege, den Dieb des Geheimabkommens zu finden, denn es ist doch wohl absurd anzunehmen, daß du gleich zwei Feinde hast: einen, der dich beraubt, und einen, der dein Leben bedroht.«

»Aber Holmes hat gesagt, er ginge nicht nach Briarbrae.«

»Ich kenne ihn seit einer ganzen Weile«, sagte ich, »und bisher hat er für alles, was er tat, noch stets einen triftigen Grund gehabt.« Und damit wandten wir uns anderen Gesprächsthemen zu.

Aber es war ein ermüdender Tag für mich. Phelps war nach seiner langen Krankheit noch immer recht schwach, und seine Mißgeschicke machten ihn nervös und unduldsam. Vergebens bemühte ich mich, ihn für Afghanistan zu interessieren, für Indien, für soziale Fragen, für irgend etwas, das seine Gedanken ablenken könnte. Stets kehrte er zu seinem abhanden gekommenen Dokument zurück und überlegte, rätselte, spekulierte daran herum, was Holmes wohl tat, was Lord Holdhurst unternehmen mochte, was wir am nächsten Morgen erfahren würden. Im Verlauf des Abends wurde seine Nervosität immer quälender.

»Bist du überzeugt, daß Holmes es schafft?« fragte er.

»Ich habe ihn schon bemerkenswerte Dinge vollbringen sehen.«

»Aber in eine so dunkle Angelegenheit hat er doch bestimmt noch nie Licht gebracht?«

»O doch. Ich habe miterlebt, wie er Fälle löste, die noch weniger Anhaltspunkte boten als deiner.«

»Aber keinen, wo derart viel auf dem Spiel stand?«

»Das kann ich nicht sagen. Ich weiß nur, daß er von drei regierenden Häusern Europas in höchst wichtigen Angelegenheiten um Hilfe ersucht wurde.«

»Aber du kennst ihn doch gut, Watson. Er ist ein so undurchsichtiger Kerl, daß ich nie genau weiß, woran ich bin. Glaubst du, daß er Hoffnung hat? Glaubst du, daß er mit einem Erfolg rechnet?«

»Er hat nichts gesagt.«

»Das ist ein schlechtes Zeichen.«

»Im Gegenteil. Wenn er die Spur verloren hat, sagt er's gewöhnlich. Wenn er auf einer Fährte ist und noch nicht absolut sicher, daß er die richtige hat, dann ist er verschwiegen. Auf jeden Fall bessern wir nichts, wenn wir uns verrückt machen, also schlage ich vor, daß du zu Bett gehst, damit du morgen früh frisch bist.«

Schließlich gelang es mir, meinen Gefährten zu überreden, obwohl mir klar war, daß er vor Erregung kaum zum Schlafen kommen würde. Ich selber wälzte mich die halbe Nacht im Bett, von seiner Stimmung angesteckt, brütete über diesem seltsamen Problem und stellte hundert Theorien auf, von denen jede unmöglicher war als die vorhergehende. Weshalb war Holmes in Woking geblieben? Weshalb hatte er Miss Harrison gebeten, den ganzen Tag im Krankenzimmer zu bleiben? Weshalb war ihm so sehr daran gelegen, den Bewohnern von Briarbrae zu verheimlichen, daß er in ihrer Nähe blieb? Ich zermarterte mir das Gehirn, bis ich über dem Bemühen einschlief, irgendeine Erklärung zu finden, die alle diese Tatsachen einschloß und miteinander verband.

Als ich aufwachte, war es sieben Uhr, und ich begab mich sogleich in Phelps' Zimmer. Er hatte eine schlaflose Nacht hinter sich und war grämlich und übernächtigt. Seine erste Frage war, ob Holmes schon da sei.

»Der kommt wie versprochen«, sagte ich. »Keinen Augenblick früher und keinen später.«

Und es stimmte, denn kurz nach acht fuhr eine Droschke vor, und unser Freund stieg aus. Vom Fenster sahen wir, daß seine linke Hand einen Verband trug. Grimmig und blaß betrat er das Haus, aber es dauerte eine Weile, ehe er heraufkam.

»Er sieht aus wie ein geschlagener Mann«, sagte Phelps.

Ich mußte ihm beipflichten. »Aber schließlich liegt der Schlüssel zu dem Geheimnis wahrscheinlich hier in der Stadt«, sagte ich beruhigend.

Phelps stieß einen Seufzer aus.

»Ich weiß nicht, wieso«, sagte er, »aber ich hatte mir von seiner Rückkehr so viel versprochen. Was ist mit seiner Hand? Die war doch gestern nicht bandagiert? Was kann da passiert sein?«

»Du bist doch nicht verwundet, Holmes?« fragte ich, als er ins Zimmer trat.

»Nur ein Kratzer, den ich meiner eigenen Unbeholfenheit verdanke«, gab er zur Antwort und nickte uns grüßend zu. »Ihr Fall, Mr. Phelps, macht mir ganz hübsch zu schaffen.«

»Ich fürchtete schon, Sie könnten ihn unlösbar finden.«

»Jedenfalls war es eine höchst bemerkenswerte Erfahrung für mich.«

»Der Verband läßt mich auf ein Abenteuer schließen«, sagte ich. »Willst du uns nicht erzählen, was geschehen ist?«

»Nach dem Frühstück, mein guter Watson. Bedenke, daß ich heute morgen schon dreißig Meilen lang Surrey-Luft geatmet habe. Auf meine Droschken-Anzeige ist vermutlich keine Antwort eingegangen, wie? Na, wir können ja auch nicht erwarten, daß jeder Schlag ein Treffer ist.« Der Tisch war gedeckt, und gerade, als ich läuten wollte, kam Mrs. Hudson mit Tee und Kaffee. Ein paar Minuten später brachte sie die Schüsseln, und wir setzten uns zu Tisch: Holmes heißhungrig, ich neugierig, und Phelps in düsterster Niedergeschlagenheit.

»Mrs. Hudson übertrifft sich heute selbst«, meinte Holmes, eine Schüssel mit Curry-Huhn aufdeckend. »Ihre Küche ist begrenzt, aber für eine Schottin hat sie eine sehr brauchbare Vorstellung vom Frühstück. Was hast du da, Watson?«

»Ham-and-Eggs«, erwiderte ich.

»Gut! Was möchten Sie, Mr. Phelps: Geflügel, Eier, oder bedienen Sie sich selber?«

»Danke, ich kann nichts essen«, sagte Phelps.

»Ach was! Versuchen Sie das Gericht, das vor Ihnen steht.«

»Nein, danke, ich möchte wirklich nicht.«

»Nun denn«, sagte Holmes mit einem Augenzwinkern. »Es wird Ihnen doch nichts ausmachen, mir etwas aufzutun?«

Phelps hob den Deckel und stieß einen Schrei aus. Mit kreidebleichem Gesicht starrte er in die Schüssel. Eine kleine Rolle blaugrauen Papiers lag darin. Er griff nach ihr, verschlang sie mit den Augen und tanzte dann wie närrisch im Zimmer umher, drückte sie an sich und gab Laute des Entzückens von sich. Dann fiel er in einen Sessel — so matt und erschöpft von seinen Gefühlen, daß wir ihm einen Brandy einflößen mußten, damit er uns nicht ohnmächtig wurde.

»So ist's schon besser«, sagte Holmes besänftigend und klopfte ihm auf die Schulter. »Ich hätte Sie natürlich nicht derart überraschen dürfen, aber Watson hier kann Ihnen erzählen, daß ich nun mal eine Schwäche für dramatische Wirkungen habe.«

Phelps ergriff seine Hand und drückte sie. »Gott segne Sie!« sagte er. »Sie haben meine Ehre gerettet.«

»Nun ja, meine eigene stand auch auf dem Spiel, wissen Sie«, sagte Holmes. »Sie dürfen versichert sein, daß es mir genauso verhaßt ist, an einem Problem zu scheitern, wie es Ihnen verhaßt ist, einen Auftrag zu verpfuschen.« Phelps barg das kostbare Dokument in der innersten Tasche seines Rocks.

»Ich habe nicht das Herz, Sie noch länger von Ihrem Frühstück abzuhalten, und doch sterbe ich vor Neugier. Wie haben Sie den Vertrag in die Hände bekommen? Wo war er?«

Sherlock Holmes trank eine Tasse Kaffee und widmete sich seiner Mahlzeit. Dann stand er auf, zündete sich eine Pfeife an und ließ sich in seinem Sessel nieder.

»Zuerst werde ich erzählen, was ich getan habe, und hernach, wie ich dazu gekommen bin«, sagte er. »Als ich euch am Bahnhof verließ, machte ich einen erfrischenden Spaziergang durch die bezaubernde Landschaft von Surrey zu einem hübschen kleinen Dorf mit Namen Ripley, wo ich in einem Gasthaus Tee trank und vorsichtshalber meine Taschenflasche füllte und mir ein paar Sandwiches einpacken ließ. Dort blieb ich bis zum Abend. Dann machte ich mich wieder auf den Weg nach Woking und war kurz nach Sonnenuntergang auf der Landstraße vor Briarbrae.

Nun, ich habe gewartet, bis die Straße leer war – sie ist wohl nie sehr belebt –, und dann bin ich über den Zaun aufs Grundstück gestiegen.«

»Das Tor war aber doch bestimmt offen?« warf Phelps ein.

»Schon, aber ich habe in solchen Dingen ausgefallene Angewohnheiten. Ich wählte die Stelle, wo die drei Tannen stehen, und in ihrem Schutz kletterte ich hinüber, ohne daß mich jemand im Hause sehen konnte. Ich duckte mich zwischen die Büsche auf der anderen Seite und kroch von einem zum anderen – daher der üble Zustand meiner Hose –, bis ich die Rhododendron-Gruppe gegenüber Ihrem Schlafzimmerfenster erreicht hatte. Dort kauerte ich mich nieder und harrte der Dinge, die da kommen würden.

Die Gardinen waren nicht zugezogen, so konnte ich Miss Harrison am Tisch sitzen sehen. Sie las. Um Viertel nach zehn machte sie das Buch zu, schloß die Läden und zog sich zurück. Ich hörte, wie sie die Tür einklinkte, und hatte das Gefühl, daß sie den Schlüssel umdrehte.«

»Den Schlüssel?« fragte Phelps.

»Ja. Ich hatte Miss Harrison angewiesen, die Tür von außen abzuschließen und den Schlüssel mitzunehmen, wenn sie zu Bett ging. Sie führte jede Anweisung genauestens aus, und ohne ihre Mitarbeit hätten Sie das Papier jetzt bestimmt nicht in Ihrer Tasche. Sie verschwand also, die Lichter gingen aus, und ich hockte im Rhododendron-Gebüsch.

Es war eine schöne Nacht, aber trotzdem ein ermüdendes Wachen. Natürlich ist eine gewisse Erregung mit dergleichen verbunden, wie sie etwa der Jäger verspürt, wenn er an der Tränke liegt und dem Wild auflauert. Aber es wurde mir doch sehr lang – fast so lang wie damals, Watson, als wir bei der kleinen Geschichte von dem ›Gefleckten Band‹ im tödlichen Zimmer warteten.* In Woking schlug eine Kirchenglocke die Viertelstunden, und mehr als einmal dachte ich, alles sei vorbei. Endlich aber – gegen zwei Uhr früh – hörte ich ein leises Geräusch, so, wie wenn ein Riegel zurückgeschoben wird,

---

* Siehe Sherlock Holmes' Abenteuer »Das gefleckte Band«

und das Knirschen eines Schlüssels. Einen Augenblick später ging die Lieferantentür auf, und Mr. Joseph Harrison trat in den Mondschein heraus.«

»Joseph!« rief Phelps.

»Er war barhäuptig, hatte jedoch einen schwarzen Umhang über die Schultern geworfen, so daß er sein Gesicht verstecken konnte, falls die Umstände es erforderten. Auf Zehenspitzen ging er im Schatten der Mauer entlang, und als er das Fenster erreicht hatte, schob er ein Messer mit langer Klinge zwischen die Fensterrahmen und stieß den Griff zurück. Dann machte er das Fenster auf und steckte sein Messer in den Spalt zwischen den Läden, hob den Riegel hoch und öffnete sie.

Von meinem Platz aus hatte ich einen ausgezeichneten Blick aufs Zimmer und jede Bewegung von Mr. Harrison. Er zündete die beiden Kerzen an, die auf dem Kaminsims stehen, und dann schlug er in Türnähe die Ecke des Teppichs um. Er bückte sich und hob ein viereckiges Brett hoch, wie es gewöhnlich im Fußboden eingelassen ist, damit der Klempner an die Verbindung der Gasrohre heran kann. Dieses hier verdeckt die Abzweigung, die zur Küche unten führt. Nun, aus diesem Versteck holte er die kleine Rolle, legte das Brett wieder auf, klappte den Teppich um, blies die Kerzen aus und marschierte geradeswegs in meine Arme, denn ich hatte vor dem Fenster auf ihn gewartet.

Na ja, er ist doch etwas gewalttätiger, als ich vermutet hatte, dieser Mr. Joseph. Mit seinem Messer ging er auf mich los, und ich mußte ihn zweimal auf die Bretter schicken und bekam einen Schnitt über die Knöchel, ehe ich die Oberhand gewann. Das eine Auge, mit dem er noch sehen konnte, als wir fertig waren, versprach Mord und Totschlag, aber er nahm Vernunft an und rückte die Papiere heraus. Als ich sie hatte, ließ ich meinen Mann laufen, habe aber heute früh alle Einzelheiten an Forbes telegrafiert. Wenn er flink genug ist und seinen Vogel fängt: schön und gut. Findet er jedoch das Nest leer, wie ich vernünftigerweise annehme, na, um so besser für die Regierung. Ich könnte mir denken, daß sowohl Lord Holdhurst als auch Mr. Percy Phelps keinen gesteigerten Wert darauf legen, die Angelegenheit vor Gericht breitgetreten zu sehen.«

»Mein Gott!« sagte unser Klient keuchend. »Wollen Sie

sagen, daß die gestohlenen Papiere während dieser zehn qualvollen Wochen die ganze Zeit mit mir im selben Zimmer waren?«

»So ist es.«

»Und Joseph! Joseph – ein Schurke und ein Dieb!«

»Hm. Ich fürchte, Joseph ist undurchsichtiger und gefährlicher, als man seinem Aussehen nach annimmt. Wie er mir heute früh erzählte, hat er bei Spekulationen größere Summen verloren und schreckt nun vor nichts zurück, um seinen Verlust wettzumachen. Sogar das Glück seiner Schwester und Ihr Ruf waren ihm einerlei.«

Percy Phelps sank in seinen Sessel zurück. »Mir brummt der Kopf«, sagte er.

»Die Hauptschwierigkeit Ihres Falles«, bemerkte Holmes auf seine lehrhafte Art, »lag in der Tatsache, daß zuviel Beweismaterial vorhanden war. Das Wichtige wurde von Belanglosem überlagert und zugedeckt. Aus allen Fakten, die sich uns boten, mußten wir die wenigen heraussuchen, die uns wichtig schienen, und dann der Reihe nach zusammenfügen, um den Ablauf der Ereignisse zu rekonstruieren. Joseph habe ich von Anfang an verdächtigt, allein aus dem Grund, weil Sie an jenem Abend gemeinsam mit ihm hatten heimfahren wollen. Da lag es doch nahe, daß er Sie auf dem Weg zum Bahnhof abholte. Das Foreign Office kannte er ja. Als ich hörte, daß jemand mit allen Mitteln ins Schlafzimmer eindringen wollte, in dem nur Joseph etwas versteckt haben konnte – Sie haben erzählt, wie er ausquartiert wurde, als Sie mit dem Doktor ankamen –, da verdichteten sich meine Verdachtsmomente zur Gewißheit, zumal der Einbruchsversuch in der ersten Nacht unternommen wurde, als Sie ohne Pflegerin waren, was bewies, daß ein Eindringling mit den Gepflogenheiten des Hauses wohlvertraut war.«

»Wie blind bin ich bloß gewesen!«

»Die Fakten des Falles sind nach meinen Ermittlungen und Kombinationen diese: Joseph Harrison betritt das Office durch die Tür in der Charles Street und geht, da er Bescheid weiß, in Ihr Zimmer hinauf, das Sie gerade verlassen hatten. Er findet niemanden und läutet – und sieht in diesem Augenblick den Vertrag auf dem Schreibtisch liegen. Ein Blick zeigt ihm, daß der Zufall ihm ein Staatsdokument von unermeßlichem Wert in die Hände gespielt hat, und blitzartig steckt er's in die Tasche und macht sich aus dem Staube. Ein paar Minuten verstrichen, wie Sie sich erinnern, bis der verschlafene Dienstmann Sie auf die Glocke aufmerksam machte, und die reichten aus, dem Dieb die Flucht zu ermöglichen.

Er fuhr mit dem ersten Zug nach Woking, und als er seine Beute in Augenschein genommen und sich davon überzeugt hatte, daß sie tatsächlich ungeheuer wertvoll war, versteckte er sie an einem Platz, den er für absolut sicher hielt, um sie ein oder zwei Tage später wieder herausholen und in die französische Botschaft bringen zu können — oder wo immer er einen guten Preis zu erzielen hoffte. Dann kam Ihre plötzliche Rückkehr. Er wurde unverzüglich aus seinem Zimmer ausquartiert, und von der Zeit an waren stets mindestens zwei Personen anwesend und hinderten ihn daran, seinen Schatz wieder hervorzuholen. Die Situation muß ihn halb wahnsinnig gemacht haben. Schließlich glaubte er, eine Möglichkeit zu sehen. Er versuchte, ins Zimmer einzudringen, was Ihr Wachsein jedoch vereitelte. Sie erinnern sich vielleicht, daß Sie an dem Abend nicht Ihr gewöhnliches Schlafmittel genommen hatten.«

»Ja, ich erinnere mich.«

»Ich könnte mir vorstellen, daß er eine besonders starke Dosis bereitgestellt und sich darauf verlassen hat. Mir war natürlich klar, daß er den Versuch wiederholen würde, sobald es gefahrlos geschehen konnte. Sie fuhren mit uns nach London — das war die Chance! Ich sorgte dafür, daß Miss Harrison den ganzen Tag im Zimmer war, so daß er uns nicht zuvorkommen konnte. Als er endlich, mit meiner Hilfe, zu der Überzeugung gelangt war, daß die Luft rein sei, faßte ich, wie beschrieben, Posten. Ich wußte bereits, daß die Papiere sich höchstwahrscheinlich im Zimmer befanden, aber ich hatte keine Lust, das Unterste zuoberst zu kehren und seinen Argwohn zu wecken. Schließlich kann selbst ich mich einmal irren. Ich gestattete ihm, das Dokument aus dem Versteck zu holen, und ersparte mir so einen Haufen Mühe und Ärger. Sind noch irgendwelche Punkte zu klären?«

»Warum hat er's beim erstenmal mit dem Fenster versucht«, fragte ich, »wenn er durch die Tür hätte gehen können?«

»Auf dem Weg zur Tür hätte er sieben Schlafzimmer passieren müssen. Auf dem Rasen konnte er ganz leicht herankommen. Sonst noch etwas?«

»Sie glauben doch nicht«, fragte Phelps, »daß er sich mit Mordabsichten trug? Das Messer sollte bestimmt nur als Werkzeug dienen.«

»Das mag schon sein«, gab Holmes achselzuckend zur Antwort. »Mit Sicherheit kann ich nur sagen: Mr. Joseph Harrison ist ein Gentleman, auf dessen Barmherzigkeit angewiesen zu sein, ich nicht die geringste Lust verspüre.«

Sherlock Holmes' Untergang

Mir ist das Herz schwer, nun ich zum letztenmal die Feder ansetze, um die außerordentlichen Gaben meines Freundes Sherlock Holmes zu beschreiben. Ich hatte die Absicht gehabt, mein Buch mit der Begebenheit des Flottenabkommens abzuschließen und nichts von dem Ereignis vor zwei Jahren zu berichten, das eine seither kaum geringer gewordene Leere in meinem Leben geschaffen hat. Es sind jedoch kürzlich Briefe erschienen, in denen Colonel James Moriarty das Andenken seines Bruders verteidigte, und die mich zwingen, die Tatsachen öffentlich so darzulegen, wie sie sich zugetragen haben. Ich allein weiß, was wirklich geschah, und ich bin froh, daß die Zeit gekommen ist, wo es keinen Sinn mehr hat, die Wahrheit zu unterdrücken. Soweit ich es übersehe, sind in der Presse nur drei Berichte erschienen, einer im *Journal de Genève* vom 6. Mai 1891, die Reuter-Meldung in den englischen Zeitungen vom 7. Mai, und schließlich die erwähnten Briefe. Die beiden Berichte beschränken sich auf eine knappe Zusammenfassung – und die Briefe wiederum verdrehen, wie ich gleich zeigen werde, völlig die Tatsachen.

Vielleicht erinnert man sich, daß die ehemals recht engen Bindungen zwischen Sherlock Holmes und mir sich durch meine Heirat und die darauf folgende Übernahme einer Privatpraxis lockerten. Von Zeit zu Zeit kam er noch zu mir, wenn er nämlich für seine Nachforschungen einen Gefährten brauchte, aber diese Gelegenheiten wurden immer seltener. Im Winter 1890 und im Frühjahr des nächsten Jahres las ich in den Zeitungen, daß die französische Regierung Holmes in einer Angelegenheit größter Wichtigkeit über den Kanal geholt hatte, und er selber gab mir zweimal Nachricht, aus Narbonne und aus Nîmes, so daß ich zu der Ansicht kam, sein Aufenthalt in Frankreich werde sich über einen längeren Zeitraum erstrecken. Daher war ich ziemlich überrascht, als er am

Abend des 24. April in mein Sprechzimmer kam; auch fiel mir auf, daß er noch blasser und magerer aussah als sonst.

»Ja, ich habe mich wohl ein wenig übernommen«, antwortete er, mehr auf meinen Blick als auf meine Worte. »Ich war in letzter Zeit ein bißchen im Druck. Hast du etwas dagegen, wenn wir die Läden schließen?«

Das einzige Licht im Zimmer kam von der Lampe auf dem Tisch, an dem ich gesessen und gelesen hatte. Holmes bewegte sich längs der Wand zum Fenster, schloß die Läden und verriegelte sie sorgsam.

»Hast du vor irgend etwas Angst?« fragte ich.

»Allerdings.«

»Und wovor?«

»Vor Luftgewehren.«

»Aber, mein Guter, was willst du damit sagen?«

»Ich glaube, du kennst mich gut genug, Watson, um zu wissen, daß ich durchaus nicht nervös bin. Andererseits ist es kein Zeichen von Mut, sondern von Dummheit, eine unmittelbar drohende Gefahr nicht wahrhaben zu wollen. Darf ich dich um ein Streichholz bitten?« Er sog den Rauch seiner Zigarette ein, als habe er die beruhigende Wirkung dringend nötig.

»Entschuldige bitte, daß ich noch so spät störe«, sagte er. »Und dann erlaube mir, dein Haus hinten über die Gartenmauer zu verlassen.«

»Aber was soll das bloß alles heißen?« fragte ich ihn. Er streckte seine Hand aus, und im hellen Schein der Lampe sah ich, daß zwei Knöchel verletzt waren und noch stark bluteten.

»Es ist kein Phantasiegespinst, wie du siehst«, sagte er lächelnd. »Im Gegenteil, etwas derart Konkretes, daß man sich den Kopf oder zumindest die Faust daran einrennen kann. Ist deine Frau zu Hause?«

»Nein, verreist, auf Besuch.«

»Großartig! Du bist also allein?«

»Völlig.«

»Um so leichter kann ich dir dann den Vorschlag machen, mit mir eine Woche auf den Kontinent zu fahren.«

»Und wohin?«

»Ach, irgendwohin. Mir ist's gleich.«

Hier stimmte etwas nicht. Es war nicht Holmes' Art, ziellos Ferien zu machen, und sein blasses, abgezehrtes Gesicht zeigte mir, daß sich seine Nerven in äußerster Anspannung befanden. Er las die Frage in meinen Augen, legte die Fingerspitzen aneinander, stützte seine Ellbogen auf die Knie und erklärte die Situation.

»Du hast wahrscheinlich nie etwas von Professor Moriarty gehört, oder?« sagte er.

»Nein, nie.«

»Das ist ja gerade das Geniale an ihm, ein reines Wunder!« rief er. »Der Mann macht London unsicher, und niemand hat von ihm gehört. Es sichert ihm einen Ehrenplatz in der Liste aller Verbrecher. Mein voller Ernst, Watson: könnte ich den Burschen dingfest machen und somit die menschliche Gesellschaft von ihm befreien, dann hätte meine Laufbahn ihren Höhepunkt erreicht und ich wäre bereit, ein etwas geruhsameres Leben zu führen. Unter uns: die letzten Fälle, bei deren Aufklärung ich einer Königlichen Familie von Skandinavien und der französischen Republik behilflich war, haben mir die Möglichkeit gegeben, fortan auf die mir am besten zusagende Weise zu leben und mich auf meine chemischen Forschungen zu konzentrieren. Aber ich könnte nicht ruhen, Watson, könnte nicht still auf meinem Stuhl sitzen, wenn ich wüßte, daß ein Mann wie Professor Moriarty unbehelligt durch die Londoner Straßen wandelt.«

»Was hat er denn angestellt?«

»Seine Laufbahn ist ungewöhnlich. Stell dir einen Mann aus gutem Hause vor, glänzend erzogen und überdies von der Natur mit einer phänomenalen mathematischen Begabung beschenkt. Im Alter von einundzwanzig Jahren schrieb er eine Abhandlung über den binominalen Lehrsatz, die in ganz Europa Anklang gefunden hat. Sie trug ihm den mathematischen Lehrstuhl an einer unserer kleineren Universitäten ein, und allem Anschein nach lag eine große Karriere vor ihm. Aber der Mann besaß eine kriminelle Veranlagung, die durch seine außergewöhnlichen Verstandeskräfte nicht gemäßigt wurde. Dunkle Gerüchte gingen in der Universitätsstadt um, und schließlich war er gezwungen, seinen Lehrstuhl aufzugeben und nach London zu ziehen, wo er als Spezialist für militärische Fragen Unterricht gibt. So viel ist allgemein bekannt; was ich dir jetzt erzähle, habe ich selber entdeckt. Wie du weißt, Watson, kennt niemand die gehobene Verbrecherwelt in London so gut wie ich. In den vergangenen Jahren war mir ständig bewußt, daß irgendeine Macht hinter den Kriminellen steht, eine organisierte Macht, die stets gegen das Gesetz verstößt und den Übeltäter beschützt. Wieder und wieder habe ich, in den verschiedensten Fällen – ob Fälschung, Raub oder Mord – die Anwesenheit dieser Macht gespürt, zumal bei jenen unaufgeklärten Verbrechen, zu deren Aufklärung man mich bedauerlicherweise nicht hinzugezogen hat. Jahrelang bemühte ich mich, den Schleier zu durchdringen, und endlich kam die Zeit, da ich meinen Faden packte und ihm folgte, bis er mich nach tausend wirren Windungen zum Ex-Professor der Mathematik Moriarty führte.

Er ist der Napoleon des Verbrechens, Watson. Er ist der Organisator der Hälfte aller Schandtaten und fast sämtlicher unaufgedeckten Fälle in dieser großen Stadt. Er ist ein Genie, ein Philosoph, ein abstrakter Denker. Er hat ein vollendet funktionierendes Gehirn. Wie eine Spinne sitzt er reglos mitten im Netz, doch dieses Netz hat tausend Ausstrahlungen, und er kennt jedes kleinste Zittern ganz genau. Er selber tut wenig. Er plant nur. Aber seine Agenten sind zahlreich und phantastisch diszipliniert. Ist ein Verbrechen auszuführen, ein Dokument zu entwenden, wollen wir einmal sagen, ein Haus auszurauben, ein Mann zu erledigen – der Professor wird informiert, die Angelegenheit organisiert und ausgeführt. Den Täter erwischt man vielleicht. In diesem Fall findet sich das Geld für seine Kaution oder Verteidigung. Die zentrale Macht jedoch, die den Handlanger benutzt, wird nicht entdeckt, nie auch nur verdächtigt. Dieser Organisation bin ich auf die Schliche gekommen, Watson, und ihrer Vernichtung widme ich meine ganze Energie.

Aber der Professor ist derart gut beschützt und beraten, daß es unmöglich schien, Beweise in die Hand zu bekommen, die ein Gericht überzeugen würden. Du kennst meine Fähigkeiten, mein guter Watson, aber nach drei Monaten mußte ich trotzdem zugeben, daß ich zu guter Letzt auf einen mir geistig ebenbürtigen Gegner gestoßen war. Das Entsetzen über seine Verbrechen wich der Bewunderung für sein Können. Endlich aber machte er einen Fehler – einen ganz kleinen nur, aber da ich ihm schon dicht auf den Fersen war, genügte er. Ich hatte meine Chance bekommen und fing von diesem Punkt aus an, mein Netz um ihn zu spannen, und jetzt ist alles bereit. In drei Tagen, am kommenden Montag also, wird der Professor mit den besten Köpfen seiner Bande der Polizei in die Falle gehen. Dann folgt die größte Gerichtsverhandlung des Jahrhunderts, die Aufklärung von über vierzig Kriminalfällen, und am Ende wartet der Strick für alle Beteiligten. Handeln wir aber voreilig, entschlüpfen sie uns vielleicht noch im letzten Augenblick.

Hätte ich dies alles ohne Wissen Professor Moriartys vorbereiten können, wäre alles in Ordnung. Aber dafür ist er zu gewitzt. Er sah jeden Schritt, den ich tat, um ihn zu umgarnen. Zwar konnte er mich nicht daran hindern, aber wieder und wieder wollte er ausbrechen; jedesmal kam ich ihm zuvor. Ich sage dir, mein Freund, nie habe ich mich zu solcher Höhe aufgeschwungen, und nie wurde ich von einem Gegner so hart bedrängt. Er schlug hart zu, und ich parierte. Heute früh unternahm ich die letzten Vorbereitungen, nur noch drei Tage waren erforderlich, ich saß in meinem Zimmer und überdachte die Angelegenheit – da ging die Tür auf, und vor mir stand Professor Moriarty.

Meine Nerven sind in ganz ordentlicher Verfassung, Watson, aber ich muß bekennen, daß ich einen Schock bekam, als ich den Mann auf der Schwelle stehen sah, dem alle meine Gedanken galten. Sein Aussehen war mir geläufig. Er ist auffallend groß und schlank, seine Stirn wölbt sich weit und weiß vor, und seine Augen liegen tief in den Höhlen. Er ist glattrasiert und blaß und wirkt asketisch; der ehemalige Professor ist unverkennbar. Seine Schultern hat das viele Studieren gebeugt, den Kopf streckt er weit vor und bewegt ihn ständig hin und her wie ein Reptil. Er sah mich an; in seinen Augen lag große Neugier.

›Ihr Gehirn ist weniger entwickelt, als ich dachte‹, sagte er endlich. ›Es ist eine gefährliche Angewohnheit, mit geladenen Feuerwaffen in der Tasche des Schlafrocks zu spielen.‹

Bei seinem Eintreten hatte ich sofort die große Gefahr erkannt. Sein einziger Ausweg war, mich zum Schweigen zu bringen. Ich hatte die Pistole aus der Schublade geholt und in die Tasche gesteckt und hielt ihn durch den Stoff auf den Professor gerichtet. Bei seinen Worten nahm ich ihn heraus und legte ihn auf den Tisch. Er lächelte noch immer und blinzelte, aber in seinen Augen las ich, daß es besser war, meine Waffe griffbereit zu haben.

›Sie kennen mich offenbar nicht‹, sagte er.

›Im Gegenteil‹, antwortete ich. ›Es dürfte doch wohl ziemlich klar sein, daß ich Sie kenne. Bitte, nehmen Sie Platz. Ich kann fünf Minuten für Sie erübrigen, wenn Sie mir etwas zu sagen haben.‹

›Was ich zu sagen habe, ist Ihnen schon durch den Kopf gegangen‹, sagte er.

›Dann ist's mit meiner Antwort möglicherweise das gleiche‹, entgegnete ich.

›Bleiben Sie dabei?‹

›Unbedingt.‹

Er griff in die Tasche, und ich nahm die Pistole vom Tisch. Aber er holte nur ein Notizbuch hervor, in das er einige Daten eingetragen hatte.

›Sie haben am 4. Januar meinen Weg gekreuzt‹, sagte er. ›Am 23. haben Sie mich belästigt. Mitte Februar haben Sie mich ernsthaft geärgert. Ende März haben Sie meine Pläne gestört. Und jetzt, Ende April, haben Sie mich durch Ihre ständigen Verfolgungen in eine Lage gebracht, die meine Freiheit gefährdet. Die Situation wird unerträglich.‹

›Haben Sie einen Vorschlag zu machen?‹ fragte ich.

›Geben Sie's auf, Mr. Holmes‹, sagte er mit sanft schwingendem Kopf. ›Sie *müssen* es aufgeben, wissen Sie. Wirklich.‹

›Nach Montag‹, sagte ich.

›Aber, aber‹, sagte er. ›Ein Mann mit Ihrer Intelligenz sieht doch bestimmt ein, daß diese Sache nur einen möglichen Ausgang haben kann. Es ist unumgänglich, daß Sie sich zurückziehen. Sie haben sich so weit vorgewagt, daß für uns nur noch eine einzige Möglichkeit bleibt. Es war mir ein intellektuelles Vergnügen, Ihr Vorgehen in dieser Angelegenheit zu verfolgen, und ich sage ohne Übertreibung, daß es mir leid täte, zum Äußersten gezwungen zu werden. Sie lächeln, Sir, aber es würde mir wirklich leid tun.‹

›Gefahr gehört zu meinem Beruf‹, bemerkte ich.

›Dies ist keine Gefahr‹, sagte er. ›Es ist unausweichliche Vernichtung. Sie stehen nicht einer Einzelperson im Weg, sondern einer mächtigen Organisation, deren Ausmaß Ihnen, bei all Ihrer Gerissenheit, denn doch nicht ganz klargeworden ist. Sie müssen aus dem Weg gehen, Mr. Holmes, sonst werden Sie zertreten.‹

›Ich fürchte‹, sagte ich und stand auf, ›daß mich diese angenehme Unterhaltung von anderen wichtigen Dingen abhält.‹

Er stand ebenfalls auf, sah mich stumm an, schüttelte bekümmert den Kopf.

›Je nun‹, sagte er schließlich. ›Schade; aber ich habe getan, was ich konnte. Ich kenne jeden Zug Ihres Spiels. Vor Montag können Sie nichts tun. Es war ein Duell zwischen Ihnen und mir, Mr. Holmes. Sie hoffen, mich auf die Anklagebank zu bringen. Ich sage Ihnen, daß ich niemals auf der Anklagebank sitzen werde. Sie hoffen, mich zu schlagen. Ich sage Ihnen, daß Sie mich niemals schlagen werden. Sollte es Ihnen gelingen, mich zu vernichten, so dürfen Sie versichert sein, daß Ihnen Gleiches widerfahren wird.‹

›Sie haben mir etliche Komplimente gemacht, Mr. Moriarty‹, sagte ich. ›Lassen Sie mich Ihnen eins zurückgeben: wenn ich erst überzeugt bin, daß die eine Hälfte Ihres Satzes eintrifft, will ich im Interesse der Allgemeinheit von Herzen gern auch die zweite akzeptieren.‹

›Die eine kann ich Ihnen versprechen, die andere nicht‹, knurrte er, drehte mir seinen gebeugten Rücken zu und verließ blinzelnd das Zimmer.

Das war meine einzigartige Unterredung mit Professor Moriarty. Ich gebe zu, daß sie einen unangenehmen Eindruck hinterließ. Seine glatte, präzise Ausdrucksweise hat eine Wirkung, die ein bloßer Maulheld nie erzielt. Natürlich wirst du jetzt sagen: Warum nicht die Polizei auf ihn hetzen? — Weil ich fest davon überzeugt bin, daß seine Handlanger den Schlag führen. Ich habe sogar Beweise dafür.«

»Hat man dich bereits angegriffen?«

»Mein guter Watson, Professor Moriarty ist nicht der Mann, der friedlich Däumchen dreht, wenn's ihm an den Kragen geht. Gegen Mittag wollte ich etwas in der Oxford Street erledigen. Als ich an die Ecke Bentinck und Welbeck Street kam, raste ein Doppelspanner wie wild um die Kurve und war wie der Blitz bei mir. Ich sprang auf den Gehsteig und entging ihm um Haaresbreite. Der Wagen kam von Marylebone Lane und war sofort verschwunden. Danach hielt ich mich an den Gehsteig, Watson, doch als ich die Veve Street hinunterging, kam vom Dach eines Hauses ein Ziegelstein geflogen und zersplitterte vor meinen Füßen. Ich rief die Polizei und ließ das Haus durchsuchen. Auf dem Dach waren Ziegel und Schiefer für irgendeine Instandsetzung aufgeschichtet, und man wollte mir weismachen, daß der Wind einen Stein über die Dachkante gepustet habe. Ich wußte natürlich, was davon zu halten war, aber beweisen konnte ich nichts. Danach nahm ich eine Droschke und fuhr zu meinem Bruder in Pall Mall, wo ich den Tag über blieb. Jetzt bin ich zu dir gekommen, und unterwegs wurde ich von einem Strolch mit einem Knüppel überfallen. Ich hab' ihn niedergeschlagen, und er befindet sich in Polizeigewahrsam. Aber eins ist sicher: nie im Leben werden sie eine Verbindung herstellen können zwischen dem Mann, an dessen Vorderzähnen ich mir die Knöchel aufgerissen habe, und dem Mathematiklehrer, der jetzt bestimmt zehn Meilen entfernt an einer Tafel Probleme löst. Nun wunderst du dich wohl nicht mehr, mein Guter, weshalb ich die Läden schloß, als ich zu dir kam, und weshalb ich um die Erlaubnis bat, dich auf einem etwas weniger verräterischen Weg verlassen zu dürfen.«

Schon häufig hatte ich den Mut meines Freundes bewundert, nie aber so wie jetzt, da er ruhig im Sessel saß und von Zwischenfällen berichtete, die gut und gern für einen vollen Schreckenstag reichten.

»Willst du nicht heute nacht hierbleiben?« fragte ich.

»Nein, mein Freund. Ich wäre ein zu gefährlicher Gast. Meine Vorkehrungen sind getroffen — alles läuft. Die Angelegenheit ist so weit gediehen, daß sich bis zur Verhaftung alles ohne mein Zutun entwickeln wird. Für eine Verurteilung ist meine Anwesenheit allerdings erforderlich. Ich kann also nichts Besseres tun, als ein paar Tage zu verschwinden, bis die Polizei eingreift. Es würde mich daher sehr freuen, wenn du mich auf den Kontinent begleiten könntest.«

»Die Praxis ist still«, sagte ich, »und ich habe ja meinen hilfsbereiten Nachbarn. Ich käme gern mit.«

»Gleich morgen früh?«

»Wenn nötig.«

»O ja, es ist sehr nötig. Dann merke dir diese Verhaltungsmaßregeln – und ich bitte dich inständig, mein guter Watson: führe sie genauestens aus! Du spielst jetzt mit mir zusammen ein gefährliches Spiel. Hör zu. Was du an Gepäck mitnehmen willst, läßt du heute abend von einem Vertrauensmann ohne Anschrift zur Victoria Station schaffen. Morgen früh läßt du eine Droschke kommen. Instruiere deinen Mann aber, daß er weder die erste noch die zweite nimmt, die sich anbietet. Du springst in die Droschke und fährst bis zum ›Strand‹ – Ende der Lowther Arcade. Die Adresse gibst du dem Kutscher auf einem Zettel, den er nicht wegwerfen soll. Halte dein Fahrgeld bereit. Und wenn die Droschke hält, läufst du durch die Arkade, und zwar mußt du's zeitlich so abpassen, daß du um Viertel nach neun auf der anderen Seite bist. Dort wartet eine Kutsche am Bordstein; der Fahrer trägt einen schweren schwarzen Überwurf mit rotem Kragenrand. Da steigst du ein, dann kommst du auf dem Victoria-Bahnhof zum Continental-Express zurecht.«

»Und wo treffen wir uns?«

»Auf dem Bahnsteig. Das zweite Erster-Klasse-Abteil von vorn ist für uns reserviert.«

»Unser Treffpunkt ist also im Wagen?«

»Ja.«

Vergeblich bat ich Holmes, die Nacht dazubleiben. Es war mir klar, daß er fürchtete, dem Haus Unglück zu bringen, und aus diesem Grund verschwand. Ich ging mit ihm in den Garten, er kletterte über die Mauer, und kurz darauf hörte ich ihn in der Mortimer Street einer Droschke pfeifen, mit der er dann davonfuhr.

Am Morgen führte ich Holmes' Anweisungen buchstabengetreu aus. Die Droschke wurde mit großer Vorsicht besorgt, damit ich nicht an eine geriet, die im Dienst des Gegners stand, und unmittelbar nach dem Frühstück fuhr ich zur Lowther Arcade, durch die ich im Galopp lief. Eine Kutsche wartete, und der gewichtige Fahrer trug einen dunklen Umhang. Kaum war ich eingestiegen, da trieb er den Gaul an, und wir ratterten zum Victoria-Bahnhof. Als ich dort ausgestiegen war, machte er kehrt, ohne mich auch nur eines Blickes zu würdigen.

Bis hierher war alles prächtig verlaufen. Mein Gepäck wartete auf mich, und ohne Schwierigkeiten fand ich den von

Holmes angegebenen Wagen, zumal er als einziger des Zuges den Vermerk ›reserviert‹ trug. Jetzt bekümmerte mich nur noch das Ausbleiben von Holmes. Die Bahnhofsuhr zeigte, daß uns bis zur Abfahrt sieben Minuten blieben. Erfolglos hielt ich unter den Reisenden und Abschiednehmenden nach meinem Freund Ausschau. Dabei half ich einem ehrwürdigen italienischen Priester, der sich alle Mühe gab, einem Gepäckträger in gebrochenem Englisch verständlich zu machen, daß sein Gepäck nach Paris gehen solle. Als ich mich noch einmal umgesehen hatte, bestieg ich unser Abteil und stellte fest, daß der Schaffner mir trotz der Vorbestellung den altersschwachen Italiener als Reisegefährten zugeteilt hatte. Es war sinnlos, ihm klarmachen zu wollen, daß er im falschen Wagen saß, da mein Italienisch noch unzulänglicher war als sein Englisch, also zuckte ich resigniert mit den Schultern und schaute weiterhin nach meinem Freunde aus. Ein Frösteln überfiel mich: sollte ihm im Verlauf der Nacht doch noch etwas zugestoßen sein? Die Türen waren schon alle geschlossen, die Lokomotive hatte gepfiffen – da sagte eine Stimme:

»Mein lieber Watson, du hast nicht einmal geruht, mir einen guten Morgen zu wünschen.«

Überrascht und erschreckt drehte ich mich um. Der angejahrte Geistliche hatte mir sein Gesicht zugekehrt. Für einen Augenblick glätteten sich die Runzeln, die Nase hob sich vom Kinn, die Unterlippe stieß nicht mehr vor, der Mund brabbelte nicht mehr, die toten Augen leuchteten auf, die zusammengesunkene Gestalt streckte sich. Im nächsten Augenblick sackte alles wieder zusammen, und Holmes verschwand ebenso schnell, wie er aufgetaucht war. »Mein Gott!« rief ich aus. »Du hast mich ganz schön erschreckt!«

»Wir müssen immer noch vorsichtig sein«, flüsterte er. »Ich habe Grund zu der Annahme, daß sie uns hart auf den Fersen sind. – Ah, da ist er ja auch schon, unser Freund Moriarty.«

Der Zug hatte sich bereits in Bewegung gesetzt, während Holmes sprach. Als ich zurückblickte, sah ich, wie sich ein hochgewachsener Mann wütend durch die Menge drängte und mit der Hand winkte, als wolle er den Zug anhalten. Es war jedoch zu spät: wir gewannen an Tempo und rollten aus dem Bahnhof.

»Bei aller Vorsicht haben wir's nur gerade eben geschafft,

wie du siehst«, sagte Holmes lachend. Er stand auf, warf die schwarze Soutane und den Hut ab und packte sie in einen Handkoffer.

»Hast du die Morgenzeitung gelesen, Watson?«

»Nein.«

»Dann weißt du also nichts von der Baker Street?«

»Baker Street?«

»Ja. Sie haben letzte Nacht meine Wohnung in Brand gesteckt. Ist aber nicht viel passiert.«

»Holmes! Großer Gott – das ist ja nicht zu glauben!«

»Als der Knüppelmann verhaftet wurde, müssen Sie meine Spur verloren haben. Sonst wären sie nicht auf die Idee gekommen, ich könnte in die Wohnung zurückgekehrt sein. Dich haben sie aber offenbar beobachtet, denn wie käme Moriarty sonst nach Victoria. Hast du vielleicht irgendeinen Fehler gemacht?«

»Ich hab' alles genau befolgt, was du mir aufgetragen hast.«

»War die Kutsche da?«

»Ja. Sie wartete.«

»Den Kutscher hast du nicht erkannt, wie?«

»Nein.«

»Es war mein Bruder Mycroft. Es hat schon seine Vorteile, wenn man in einem solchen Fall keinen Fremden einzuspannen braucht. Aber jetzt müssen wir uns darüber klarwerden, was wir gegen Moriarty unternehmen wollen.«

»Dies ist doch ein Schnellzug; außerdem hat er Anschluß ans Schiff – da dürften wir ihn wohl endgültig abgeschüttelt haben.«

»Mein guter Watson, offensichtlich hast du's nicht ganz ernst genommen, als ich dir sagte, daß dieser Mann intellektuell auf der gleichen Ebene operiert wie ich. Du glaubst doch nicht, daß ich mich von einem derart kleinen Hindernis abhalten lassen würde, wenn ich der Verfolger wäre. Weshalb denkst du also überhaupt so geringschätzig von ihm?«

»Und was wird er tun?«

»Was *ich* tun würde.«

»Und was würdest *du* tun?«

»Einen Sonderzug bestellen.«

»Aber der käme doch zu spät.«

»Durchaus nicht. Dieser Zug hält in Canterbury, und am Schiff gibt's mindestens eine Viertelstunde Aufenthalt. Da kriegt er uns.«

»Man könnte meinen, daß *wir* die Verbrecher sind. Laß ihn doch verhaften, wenn er kommt.«

»Das hieße, die Arbeit von drei Monaten zunichte machen. Den großen Fisch würden wir fangen, ja, aber die kleinen würden rechts und links aus dem Netz springen. Montag haben wir sie allesamt. Nein, eine Verhaftung kommt gar nicht in Frage.«

»Also?«

»Wir steigen in Canterbury aus.«

»Und was dann?«

»Nun ja, wir müssen quer über Land nach Newhaven und von dort nach Dieppe. Moriarty wird wieder das tun, was *ich* tun würde: er wird nach Paris fahren, unser Gepäck auskundschaften und zwei Tage ausharren. Mittlerweile werden wir uns neues Gepäck zulegen, die Wirtschaft unserer Transit-Länder ankurbeln und gemächlich über Luxemburg nach Basel in die Schweiz fahren.«

Ich bin zuviel gereist, als daß mich der Verlust meines Gepäcks ernsthaft in Verlegenheit hätte bringen können, aber ich muß zugeben, daß mich der Gedanke störte, vor einem Mann davonlaufen zu müssen, der die größten Niederträchtigkeiten auf dem Gewissen hatte. Es war jedoch klar, daß Holmes die Lage besser beurteilen konnte als ich, deshalb stiegen wir also in Canterbury aus – um dann festzustellen, daß wir eine Stunde warten mußten, ehe wir einen Anschlußzug nach Newhaven bekommen konnten.

Ich blickte immer noch ziemlich traurig dem rasch entschwindenden Packwagen nach, in dem sich meine Garderobe befand, da zog Holmes mich am Ärmel und wies auf die Strecke.

»Bitte, da hast du's«, sagte er.

Aus den Kentischen Wäldern in der Ferne erhob sich ein dünnes Rauchwölkchen. Eine Minute später sahen wir eine Lokomotive mit einem Wagen in die Kurve einbiegen, die zum Bahnhof führt. Wir hatten kaum Zeit, uns hinter aufgetürmtem Gepäck zu verstecken, als der Zug ratternd und rauschend an uns vorüberraste, wobei er uns heiße Luft ins Gesicht blies.

»Da fährt er hin«, sagte Holmes, als wir zusahen, wie der Wagen über die Weichen rumpelte. »Der Intelligenz unseres Freundes sind Grenzen gesetzt, wie du siehst. Es wäre ein *coup de maître* gewesen, wenn er gefolgert hätte, was ich gefolgert habe, und entsprechend vorgegangen wäre.«

»Und wenn es ihm gelungen wäre, uns einzuholen, was hätte er getan?«

»Versucht, mich umzubringen, wie kannst du zweifeln! Zu unserem Spiel jedoch gehören zwei. Die wichtigste Frage ist jetzt, ob wir hier vorzeitig etwas essen wollen oder lieber damit warten, bis wir in Newhaven sind.«

In der Nacht erreichten wir Brüssel und blieben zwei Tage dort. Am dritten Tag gelangten wir nach Straßburg. Montag früh hatte Holmes an die Londoner Polizei telegraphiert, und abends wartete im Hotel die Antwort auf uns. Holmes riß das Telegramm auf und warf es dann mit einem Fluch in den Ofen.

»Ich hätt's mir ja denken können«, stöhnte er. »Er ist entkommen!«

»Moriarty?«

»Ja. Die ganze Bande haben sie geschnappt, nur ihn nicht. Er ist ihnen durch die Lappen gegangen. Als ich das Land verlassen hatte, war natürlich keiner mehr da, der mit ihm fertig wurde. Dabei hatte ich wirklich geglaubt, ich hätte ihnen das Wild in die Hände gespielt. Nun ja, ich halte es für besser, wenn du nach England zurückkehrst, Watson.«

»Und weshalb?«

»Weil ich jetzt ein noch gefährlicherer Begleiter bin. Dieser Mann hat keine Beschäftigung mehr. Wenn er nach London geht, ist er verloren. Beurteile ich ihn richtig, dann widmet er alle Kraft der Aufgabe, sich an mir zu rächen. Das hat er mir in unserer Unterhaltung angedeutet, und warum sollte er übertreiben? Ich schlage wirklich vor, daß du dich wieder deiner Praxis widmest.«

Das klang nicht sehr verlockend für einen alten Soldaten und Holmes' Freund. Wir saßen im Straßburger *salle-à-manger* und diskutierten eine halbe Stunde über diese Frage, setzten aber noch am selben Abend unsere Reise fort und fuhren nach Genf.

Eine wunderbare Woche brachten wir im Rhônetal zu, bogen dann bei Leuk ab, reisten über den noch tief verschneiten Gemmi-Paß und kamen so über Interlaken nach Meiringen. Es war eine hübsche Reise: unten das zarte Grün des Frühlings, oben das jungfräuliche Weiß des Winters; aber mir war klar, daß Holmes nicht einen Augenblick lang den düsteren Schatten vergaß, der über ihm lag. In gemütlichen Alpendörfern oder auf einsamen Gebirgspässen – stets ließ er seine scharfen Augen schweifen, und jeden, dem wir begegneten, beobachtete er genau, als sei ihm bewußt, daß wir der Gefahr, die auf uns lauerte, nirgends entgehen würden.

Ich erinnere mich, daß wir über dem Gemmi am Ufer des melancholischen Daubensees spazierengingen, als sich hinter uns ein Felsbrocken löste und mit großem Getöse in den See stürzte. Sogleich rannte Holmes hinauf und untersuchte von einem erhöhten Standpunkt aus die ganze Umgebung. Es nützte nichts, daß unser Führer uns versicherte, Steinschlag sei im Frühling etwas Alltägliches. Holmes sagte nichts, sondern lächelte mir zu wie jemand, der seine Prophezeiung in Erfüllung gehen sieht.

Bei aller Wachsamkeit jedoch war er nie deprimiert. Im Gegenteil: ich meinte, ihn noch nie so ausgelassen gesehen zu haben. Immer wieder versicherte er mir, er würde seine Laufbahn gern beenden, wenn er genau wüßte, daß die Menschheit von Professor Moriarty befreit wäre.

»Ich glaube, ich kann sagen, Watson, daß ich nicht ganz umsonst gelebt habe«, bemerkte er. »Würde mein Konto heute geschlossen, könnte ich's mit Gleichmut betrachten. Die Londoner Luft ist durch meine Gegenwart milder geworden. In über tausend Fällen habe ich, soviel ich weiß, meine Fähigkeiten niemals auf der falschen Seite eingesetzt. In der letzten Zeit haben mich mehr die von der Natur gebotenen Probleme gereizt als jene oberflächlichen, für die der künstliche Zustand unserer Gesellschaft verantwortlich ist. Deine Aufzeichnungen werden ihren Abschluß finden, wenn ich meine Laufbahn kröne, indem ich den gefährlichsten und fähigsten Verbrecher von Europa verhafte oder vernichte.«

Bei dem Wenigen, was mir noch zu berichten bleibt, werde

ich mich kurz fassen, worunter die Exaktheit allerdings nicht leiden soll. Das Geschehnis reizt mich nicht zum Verweilen, aber ich bin mir bewußt, daß es meine Pflicht ist, keine Einzelheit auszulassen.

Am dritten Mai erreichten wir das kleine Dorf Meiringen, wo wir uns im ›Englischen Hof‹ einquartierten, der damals Peter Steiler dem Älteren gehörte. Unser Wirt war ein intelligenter Mann und sprach ausgezeichnet englisch; er hatte drei Jahre als Kellner im Londoner ›Grosvenor Hotel‹ gearbeitet. Auf seinen Rat hin machten wir uns am Nachmittag des Vierten gemeinsam auf den Weg; wir wollten die Berge überqueren und die Nacht im Weiler Rosenlaui zubringen. Wir hatten jedoch strenge Anweisung, keinesfalls die Reichenbach-Fälle auszulassen, die sich etwa halbwegs bergan befinden.

Es ist ein Ort zum Fürchten. Der Gießbach stürzt sich, vom Schmelzwasser angeschwollen, in eine ungeheure Schlucht, aus der Gischt aufwogt wie Rauch aus einem brennenden Haus. Die steile Klamm, in die das Wasser sich ergießt, besteht aus kohlschwarzem, glitzerndem Fels und verengt sich zu einem brodelnden Loch unbestimmbarer Tiefe, aus dem der Strom aufschäumt und über den zerklüfteten Rand talwärts schießt. Das Niederrauschen des grünen Wassers und der dichte Vorhang des aufstiebenden Gischts, das stete Wirbeln und Tosen machen einen schwindeln. Wir standen am Rande des Abgrunds und blickten in das Gleißen tief unter uns und lauschten dem halb-menschlichen Schrei, der mit dem stäubenden Wasser aus den Tiefen heraufdrang.

Man hat den Pfad halb um den Fall in die Felsen geschnitten, um einen guten Blick zu ermöglichen, aber plötzlich ist dieser Weg zu Ende und zwingt einen auf dem Weg zurückzugehen, den man gekommen ist. Wir hatten gerade kehrtgemacht, als ein Schweizer Bursch mit einem Brief in der Hand auf uns zugelaufen kam. Das Schreiben stammte von unserem Wirt und war für mich bestimmt. Ich las, daß wenige Minuten nach unserm Aufbruch eine Engländerin angekommen sei, die sich im letzten Stadium der Schwindsucht befinde. Sie habe den Winter in Davos-Platz zugebracht und sei nun auf der Reise zu Freunden in Luzern, doch ein plötzlicher Blutsturz habe sie überfallen. Man war der Meinung, sie würde nur noch ein paar Stunden zu leben haben, aber es wäre ihr ein großer Trost, einen englischen Arzt zu sehen, und ob ich bitte sofort ... Der gute Steiler versicherte mir in einem Nachsatz, er würde es mir hoch anrechnen, wenn ich dem Wunsch entsprechen könne, da die Dame sich weigere, einen Schweizer Arzt zu konsultieren, und er fürchte, eine große Verantwortung auf sich zu laden.

Den Wunsch konnte ich nicht abschlagen; unmöglich, die Bitte einer Landsmännin zu ignorieren, die in der Fremde starb. Andererseits ließ ich Holmes ungern im Stich. Schließlich einigten wir uns so, daß der junge Schweizer Bote als Führer und Gefährte bei ihm bleiben wolle, während ich nach Meiringen zurückkehrte. Mein Freund wollte eine Weile am Fall rasten und dann langsam über den Berg nach Rosenlaui wandern, wo ich abends mit ihm zusammentreffen sollte. Als ich mich entfernte, sah ich Holmes, mit dem Rücken an einen Felsen gelehnt, die Arme verschränkt, in den Strudel hinabblicken. Es war das letzte, was ich auf dieser Welt von ihm gesehen habe.

Als ich mich der Talsohle näherte, schaute ich mich um. Den Fall konnte ich von hier aus nicht sehen, nur den Pfad, der sich über den Hügel schlängelt und zu ihm hinführt. Dort entlang lief eilig ein Mann. Deutlich hob sich die dunkle Gestalt vor dem Grün des Hintergrunds ab. Ja, er fiel mir auf, er und sein energischer Gang, doch vergaß ich ihn wieder, während ich, mit dem Gedanken an die Sterbende, meinem Ziel entgegeneilte.

Es verstrich vielleicht eine Stunde, ehe ich Meiringen erreichte. Der alte Steiler stand auf der Veranda des Hotels.

»Was ist?« rief ich, als ich bei ihm eintraf. »Ihr Zustand hat sich doch hoffentlich nicht verschlimmert?«

Sein Gesicht zeigte Überraschung, und beim ersten Zucken seiner Augenbrauen wurde mein Herz zu Blei.

»Haben Sie dies hier denn nicht geschrieben?« fragte ich und holte den Brief aus der Tasche. »Ist keine kranke Engländerin im Hotel?«

»Nicht die Spur«, sagte er. »Aber das Papier stammt aus dem Hotel! Ha! Dann muß der große Engländer den Brief geschrieben haben, der herkam, als Sie gerade weg waren. Er hat gesagt ...«

Ich wartete die Erklärungen des Wirts nicht ab. Angsterfüllt lief ich die Dorfstraße hinab und zu dem Pfad, den ich eben erst herabgekommen war. Der Abstieg hatte eine Stunde gedauert; trotz aller Anstrengung verstrichen zwei weitere, ehe ich wieder am Reichenbach-Fall ankam. Holmes' Bergstock lehnte noch an dem Felsen, wo ich ihn verlassen hatte. Von ihm selber jedoch war nichts zu sehen, und ich rief vergebens. Als einzige Antwort hörte ich das Echo meiner eigenen Stimme von den Bergwänden ringsum widerhallen.

Der Anblick des Bergstocks traf mich wie ein Stoß. Mir wurde eiskalt. Er war also nicht nach Rosenlaui gegangen. Er war auf dem knapp einen Meter breiten Pfad geblieben, die steil aufragende Wand an der einen Seite, den Absturz an der anderen, bis sein Feind ihn überrascht hatte. Der junge Schweizer war ebenfalls verschwunden. Wahrscheinlich hatte er in Moriartys Diensten gestanden und die beiden Männer allein gelassen. Und was war dann geschehen? Wer würde je berichten können, was dann geschehen war –

Ein paar Minuten stand ich da, vom Entsetzen überwältigt. Dann dachte ich an Holmes' Methoden und versuchte, sie zum Entschlüsseln dieser Tragödie anzuwenden. Ach Gott, das war nicht schwer! Während unserer Unterhaltung waren wir nicht bis zum Ende des Pfads gegangen – der Bergstock bezeichnete den Punkt, wo wir gestanden hatten. Das schwärzliche Erdreich wurde durch das stete Sprühwasser feucht gehalten, und sogar ein Vogel mußte Abdrücke darauf hinterlassen. Zwei Spuren waren auf dem Pfad deutlich zu unterscheiden, beide führten von mir fort. Zurück kam keine. Einige Schritte vom Ende entfernt war das Erdreich zu einem Schlammpfuhl aufgewühlt, und die Brombeersträucher und Farne, die den Abgrund säumten, hatte man zerfetzt und dann beschmutzt. Ich legte mich auf den Bauch und lugte über den Rand; um mich her sprühte der Gischt. Es war dunkel geworden, und ich konnte jetzt nur noch da und dort das Glitzern der Feuchtigkeit an den schwarzen Wänden sehen und weit weg, unten im Schacht, das Gleißen des strudelnden Wassers. Ich rief. Doch nur das halb-menschliche Schreien des Falls kam als Antwort zurück.

Es war mir aber bestimmt, trotz allem noch einen letzten Gruß von meinem Freund und Kameraden zu erhalten. Oben auf dem Geröllblock, an dem sein Bergstock lehnte, leuchtete etwas auf, und als ich meine Hand ausstreckte, stellte ich fest, daß es Holmes' silbernes Zigarettenetui war. Als ich es wegnahm, flatterte ein Papier zu Boden, das darunter gelegen hatte. Ich faltete es auseinander und hielt nun drei Blätter aus seinem Notizbuch in der Hand, an mich adressiert. Wie charakteristisch für meinen Freund, daß die Adresse vollständig dastand und die Handschrift so fest und deutlich war, als hätte er die Nachricht in seinem Arbeitszimmer geschrieben.

›Mein lieber Watson‹, so lautete sie. ›Mr. Moriarty ist so freundlich, mir Zeit für ein paar Zeilen zu geben. Er erwartet mich für die abschließende Diskussion jener Fragen, die zwischen uns stehen. Er hat mir die Methoden skizziert, durch die er der englischen Polizei entgangen ist und sich über unsere Schachzüge auf dem laufenden hielt. Sie bestätigen meine hohe Meinung von seinen Fähigkeiten. Es ist mir eine Freude zu wissen, daß ich die Gesellschaft von weiteren Auswirkungen seiner Person befreien kann, wenn auch zu einem Preis, fürchte ich, der meinen Freunden Kummer bereiten wird, und besonders Dir, mein guter Watson. Ich habe Dir jedoch bereits erklärt, daß meine Laufbahn auf jenem Höhepunkt angelangt ist, von dem sie nur noch abwärts führen könnte, und daß kein anderer Schluß mir besser entspräche als dieser. Ja, ich darf Dir vielleicht gestehen, daß ich den Brief aus Meiringen von Anfang an für eine Falle hielt, und ich ließ Dich in der Überzeugung zurückgehen, daß eine Entwicklung dieser Art folgen werde. Sag Inspektor Patterson, daß die Papiere, die er zum Überführen der Bande braucht, im Fach M liegen, in einem mit ›Moriarty‹ beschrifteten blauen Umschlag. Über mein Eigentum habe ich verfügt, ehe wir England verließen, und dieses Testament meinem Bruder Mycroft ausgehändigt. Ich bitte um Empfehlungen an Deine Frau, der ich bin, mein lieber Junge, sehr herzlich Dein Sherlock Holmes.‹

Ein paar Worte mögen genügen, um zu erzählen, was noch zu sagen bleibt. Die Untersuchung durch mehrere Fachleute läßt wenig Zweifel übrig, daß der Kampf zwischen den beiden Männern so endete, wie er in einer solchen Lage enden mußte: beide stürzten ineinander verklammert in den Abgrund. Jeder Versuch, die Leichen zu bergen, war von vornherein aussichtslos – dort unten in dem Kessel voll wirbelnden Wassers und schäumenden Gischts werden sie für alle Zeiten liegen: der gefährlichste Verbrecher und der tapferste Verteidiger des Rechts innerhalb einer ganzen Generation. Der Schweizer Jüngling wurde nie wieder gesehen, und es besteht kein Zweifel, daß er zu den zahlreichen Agenten Moriartys gehörte. Was die Bande angeht, so wird man sich erinnern, wie lückenlos das von Holmes zusammengetragene Beweismaterial war, so daß noch die Hand des Toten schwer auf der Organisation lag. Über ihren geheimnisvollen Chef traten nur wenige Einzelheiten im Lauf der Verhandlung zutage, und wenn ich nun gezwungen bin, ein klares Licht auf seine Rolle zu werfen, so nur deshalb, weil einige Unkluge sich bemüßigt fühlten, sein Andenken reinigen zu wollen: ausgerechnet dadurch, daß sie jenen Mann angriffen, den ich stets für den besten und weisesten Menschen gehalten habe und mein Leben lang halten werde.

Sir Arthur Conan Doyle

Gesammelte Werke in Einzelausgaben